KB128382

NEW LIFE

뉴 라이프 **7**

초판 1쇄 인쇄일 2015년 4월 23일 ｜ **초판 1쇄 발행일** 2015년 4월 24일

지은이 김연우 ｜ **펴낸이** 곽중열 ｜ **담당편집 팀장** 이범수
편집부 신연제 이윤아 김호성 김은경

펴낸곳 (주)조은세상 ｜ **출판등록** 제2002-23호
주소 경기도 연천군 미산면 청정로1355
TEL 편집부 02)587-2966 ｜ FAX 02)587-2922
e-mail bukdu@comics21c.co.kr

ⓒ김연우 2014
ISBN 979-11-5832-048-5 ｜ ISBN 979-11-5512-829-9(set) ｜ 값 8,000원

김연우 현대판타지 장편소설

NEO FUSION FANTASY STORY

7

뉴 라이프

NEW LIFE

북두
(주)좋은세상

CONTENTS

NEO MODERN FANTASY STORY

NEW
LIFE

NEO MODERN FANTASY STORY

뉴 라이프
NEW LIFE

Scene #61 인생을 건 내기

Scene #61 인생을 건 내기

언젠가 윤우는 후배들에게 차성빈이 어떤 사람인지 물은 적이 있었다. 놀랍게도 후배들이 기억하는 차성빈은 '좋은 교수님'이었다.

하지만 윤우가 보기에 그는 반쪽짜리 교수에 불과했다. 지성(知性)을 담아내는 그릇이 올바르게 꽃피지 못했다. 비좁고 색깔이 탁했다.

그는 늘 기회를 엿보며 이익을 위해 움직였다. 작년 말 남재창 교수가 실각하자 재빨리 윤민수 교수에게 붙어 재기의 기회를 노리기도 했다.

회색인의 표본이라고 불려도 좋을 수완.

하지만, 과연 그의 행동이 잘못되었다고 말할 수 있을까?

세상을 살아가는 방법은 다양하다. 과정을 중시하는 사람이 있다면, 결과를 중시하는 사람도 있다.

희생과 봉사의 인생을 사는 사람이 있으면 눈앞의 이익을 위해 사는 인생도 있는 법이라는 말이다.

어느 쪽이 정답인지는 아무도 모른다.

하지만 윤우는 적어도 차성빈 같은 사람이 되고 싶진 않았다. 신념의 문제였다. 쉽진 않겠지만, 윤우는 좋은 인간이 되는 것이 먼저라 생각했다.

다리를 꼬고 삐딱하게 앉은 차성빈이 입을 열었다.

"시작부터 강의전담교수라니. 줄을 잡아도 제대로 잡았어. 다른 교수들의 불만이 여기까지 들려오는 듯하군."

"걱정해 주셔서 감사합니다만, 그건 제가 차차 해결해야 하는 문제라고 생각합니다. 오히려 임용계약을 했는데 시간강사부터 시작한다는 것 자체가 이상한 거죠."

"뭐, 그럴 수도 있겠지. 예전이라면 석사들도 전임교수가 될 수 있었으니까."

차성빈은 엷은 미소를 보였다.

윤우는 도무지 이 사람이 왜 여기까지 찾아왔는지 알수가 없었다.

애초에 그는 색깔이 불분명한 사람이었다. 적인지 아군인지 구별이 뚜렷하지 않은 사람. 그랬기에, 윤우는 그를 대할 때마다 긴장의 끈을 놓을 수가 없었다.

"참, 풍문으로 듣자하니 '한국인'에서 손을 뗐다던데?"

"예. 그렇게 됐습니다."

윤우는 작년부로 '한국인' 커뮤니티에서 완전히 손을 뗐다. 회장직은 이한빈이 이어 받았다.

'한국인'은 자립할 수 있을 정도로 성장했기 때문에 윤우가 빠진다고 해서 큰 문제가 일어나진 않는다.

또한 윤우는 신화대에 부임하며 미래E&M 공동대표이사직에서도 물러났다. 회사는 곧 매제(妹弟)가 될 박성진이 단독으로 대표를 맡게 됐다.

아무튼, 지금은 신화대학교에 전력을 기울여야 할 때였다. 윤우는 최선을 다해 이방인이라는 낙인에서 벗어나 자신의 가치를 입증하고 싶었다.

"현명한 선택이야. 만약 계속 그곳에 몸담고 있었다면 좋은 꼴을 보지 못했겠지. 윤민수 선생님이 널 의식하기 시작했거든."

당신 작품이겠지.

윤우는 속으로 그렇게 대꾸했다. 윤우도 풍문으로 들어 알고 있었다. 차성빈 교수가 자신에 대해 좋지 않은 이야기를 하고 다닌다는 것을.

물론, 그 근본적인 부분을 제거한 이상 차성빈 교수가 자신을 견제할 일은 없을 것이다. 최근에는 윤민수 교수와도 거리를 제법 두고 있다.

차성빈이 잠시 뜸을 들이더니 말했다.

"잡담은 이쯤 하고 본론으로 들어가 볼까. 얼마 전에 양현재 학장님과 술을 한잔 했어. 양현재 학장. 누군지 알고 있지?"

"예.. 전에 우수연구자상을 받았을 때 한번 이야기를 나눈 적이 있습니다. 그때 학장님께서 여러모로 도움을 주셨지요."

"재미있는 말씀을 하시더군. 너에 대한 이야기였지."

"어떤 이야기였습니까?"

차성빈이 날카롭게 웃었다.

"20년 후면 신화대와 한국대의 대학 순위가 서로 바뀌어 있을 것이다. 학장님 면전에서 네가 이렇게 으름장을 놓았다던데, 사실인가?"

"예, 사실입니다."

윤우가 인정하자 차성빈의 얼굴에 묘한 경쟁심이 피어올랐다. 그것은 제자를 바라보는 눈빛이 아니었다. 마치, 경쟁자를 눈앞에 둔 표정이다.

윤우는, 문득 제2의 남재창 교수를 보고 있는 것 같은 착각이 들었다.

"역시 그랬군. 학장님께서 너를 붙잡아 보려고 하셨다는데…… 선택에 후회는 없나?"

"없습니다."

"그러지 말고 잘 생각해 봐. 지방대는 지방대일 뿐이야. 성장 한계는 명백해. 역사가 증명하고 있지. 그런데도 넌 이곳을 고집할 건가?"

"그렇습니다."

잠시 침묵이 돌았다. 차성빈 교수는 소리 죽여 웃으며 고개를 두어 번 끄덕였다.

"역시 예상했던 대로군. 한번 정한 길은 끝까지 간다……넌 그런 사람이었지. 내 눈이 틀리지 않았어."

만족스럽게 웃은 차성빈 교수는 자리에서 일어섰다. 그가 일어서자 윤우도 따라 일어섰다.

차성빈은 가방에서 봉투 하나를 꺼냈다. 겉면에 한국대학교의 상징이 인쇄되어 있는 각대봉투. 공무에 사용하는 것이었다.

"나와 재미있는 내기를 하나 해보지 않겠나?"

"내기요?"

"누구의 선택이 옳았는지 보자는 거야. 시간을 두고 천천히."

윤우는 차성빈 교수가 건네는 봉투를 받아들었다. 내용물이 꽤 두껍게 느껴졌다.

"한번 읽어 보도록 해. 아마 흥미를 끌기엔 충분할 거다."

차성빈 교수가 연구실을 나가자 윤우는 즉시 봉투를 열어 보았다.

두꺼운 인쇄물이었다. 그리고 그 겉면에는 '한국대학교 인문과학센터 설립안(대외비)'이라는 제목이 붙어 있었다.

◈

윤우는 심호흡을 하고 강의실 문을 열었다.

환한 불빛이 윤우의 몸을 휘감았다. 모든 학생들이 시선이 이쪽으로 쏠리는 느낌이 났다. 오랜만에 느껴보는 짜릿한 기분이었다.

윤우는 가벼운 미소를 지으며 강단에 섰다. 대부분 의외라는 반응들이었다. 몇몇은 서로 귓속말을 주고받고 있었다.

"저 사람이 교수야? 굉장히 어려 보이는데."

"왠지 나보다 어린 것 같다."

예상범위 내의 반응이었다. 윤우의 나이 27세. 강단에 서기엔 굉장히 젊은 나이였다.

하지만 그의 내면에는 풍부한 경력을 소유한 영혼이 있었다. 윤우는 자신 있게 마이크를 들었다.

"안녕하세요. 여러분들과 한 학기동안 수업을 같이 하게 된 김윤우입니다. 반갑습니다."

학생들이 박수를 쳤다. 윤우는 출석부를 펴고 출석을

불렀다. 대답이 들려올 때마다 일일이 시선을 마주치고 그들의 얼굴을 기억했다.

출석을 다 부르고 나서 윤우는 강의의 개요를 간단히 설명했다.

"소설은 누군가의 취미가 될 수 있지만, 사실 소설을 읽는 것은 단순히 글자를 머릿속에 나열하는 것이 아닙니다. 소설은 그것이 발표된 당시의 사회상과 사람들의 사고방식을 엿볼 수 있는 중요한 수단이 되기도 하지요. 때문에 우리는 이 시간에 소설을 읽으며 선인들이 남긴 역사와 문화의 발자취를 따라가 볼 겁니다. 조금 거창하게 말하긴 했지만 부담스럽지 않게 수업을 할 생각입니다. 중간에 영화도 보면서요."

윤우는 학생들에게 강한 인상을 남겼다. 내용보다는 그 외적인 것에 영향을 받았다. 젊은데다가 조리 있게 설명을 잘했기 때문이다.

윤우는 강의계획서를 토대로 한 학기 동안 어떻게 강의가 진행될 것인지 설명했다. 또한 과제와 평가 방법에 대해서도 이야기했다.

그에겐 사람의 이목을 끌어당기는 마력이 있었다. 반시간이 지나니 모두가 그에게서 시선을 떼지 못했다.

"덧붙여 제 연구실은 종합연구동 303호에 있습니다. 여기에서 조금 멀긴 하지만 지어진 지 얼마 되지 않아 깨끗

한 곳이죠. 수요일 빼고 늘 연구실에 있을 계획이니 용건이 있으면 언제든 찾아오세요. 또 질문 있습니까?"

"중간고사는 어떤 식으로 출제가 되나요?"

"다섯 문제 중 두 문제를 선택해서 서술하는 문제가 출제됩니다. 시험 범위가 포괄적이기 때문에 강의계획서에 적힌 참고문헌을 꼼꼼히 읽어 보는 게 좋겠지요."

"시험 범위가 포괄적이라면 예상문제를 가르쳐 주시나요?"

"그건 여러분들의 수업 태도를 보고 결정하겠습니다. 흐음, 조금 잔인한가요?"

학생들 사이에서 자그마한 웃음소리가 들렸다. 윤우는 적절히 피드백을 주겠다고 답했다.

이후로도 수많은 질문이 오갔다. 윤우는 한눈에 알 수 있었다. 신화대 학생들의 학구열이 보통 이상이라는 것을.

기대 이상이었다.

좋은 강의를 하기 위해서는 학생과 호흡이 잘 맞아야 하는 법이다. 윤우는 흡족한 미소를 지으며 첫 강의를 마무리했다.

"그럼 오늘 수업은 여기까지 하겠습니다. 다들 수고했습니다."

"감사합니다."

강의가 끝나자 용건이 있는 몇몇 학생들이 강단으로 올라왔다. 윤우는 친절히 미소를 지으며 학생들을 대했다. 그러다보니 시간이 훌쩍 지나갔다.

'나도 모르게 긴장을 했나? 생각했던 것보다 꽤 힘드네.'

연구실로 돌아온 윤우는 의자에 앉아 한숨을 돌렸다. 그러다 문득, 아까 차성빈 교수가 놓고 간 서류가 눈에 보였다.

윤우는 말없이 서류를 집어 내용을 펼쳤다.

그것은 한국대학교의 중장기 발전 계획을 담고 있는 대외비 서류였다. 시간이 없어 자세히 읽어보진 못했지만, 신화대와 비슷한 규모의 연구소를 건설할 계획인 것 같았다.

말 그대로 도전장을 내민 셈.

차성빈 교수가 작성한 이 문건이 대학본부에 반영이 될지는 미지수다. 하지만 만약 통과가 된다면 윤우가 장담했던 일이 불투명해질지도 모른다.

'재미있는 내기라…….'

어느새 입가에 미소를 짓는 윤우.

확실히 재미는 있을 것 같았다. 이런 식의 경쟁이라면 얼마든지 환영할 만했다. 결국 윤우는 그의 내기를 받아들이기로 결정했다.

한국대는 국립대다. 변화보다는 안정을 중시하는 곳.

이런 개혁안이 통과될지도 미지수고, 통과된다고 하더라도 어떻게 풀릴지는 예측하기 어렵다.

물론 차성빈 교수가 주도한다면 이야기는 충분히 달라질 수 있다. 남재창 교수가 군림할 때 윤우는 분명히 느꼈다. 그는 야망이 큰 남자라고.

'앞으로 주의 깊게 지켜볼 필요가 있겠어.'

그때 밖에서 노크가 들렸다. 학생인가 싶어 윤우는 들어오라고 말했다.

어떤 젊은 여자가 안으로 들어왔다. 학생 치고는 복장이 지나치게 단정해 보였다. 윤우는 고개를 갸웃하며 자리에서 일어섰다.

"누구시죠?"

"아, 옆방에 있는 이준희예요. 초면이죠? 반가워요."

윤우는 신화대 국문과의 교수리스트를 떠올렸다. 이준희. 분명 그녀는 국문과의 또 다른 강의전담교수였다.

갈색으로 염색한 단발머리가 활발한 인상과 잘 어울렸다. 미인상이었고, 몸매도 제법 볼륨이 있어 보인다.

윤우가 알기로 그녀는 연수대학교 출신이었다. 올해로 나이는 서른 살. 박사치고는 젊은 나이에 속했다.

"안녕하세요. 인사가 늦어서 죄송합니다. 아까 오전에 인사를 드리려고 찾아갔었는데 연구실에 안 계시더군요."

"오후에 나왔거든요. 오늘은 강의가 없는 날이라."

"그러셨구나. 앞으로 많이 가르쳐 주세요. 처음이라 모르는 게 많습니다."

"한국대 전체 수석 졸업생께서 너무 겸손하신 거 아닌가요?"

이준희는 빙긋 웃었다. 도발적인 미소였지만 윤우는 미동도 하지 않았다.

이준희는 윤우가 제법이라고 생각했다. 방금 그 미소를 지었을 때 속내를 보이지 않은 남자가 지금까지 없었으니까.

"그런데 뭐 하고 있었어요?"

이준희가 가까이 다가오자 윤우는 책상에 있는 '한국대학교 인문과학센터 설립안'을 서랍으로 치웠다. 괜한 오해를 받고 싶지는 않았다.

"이제 슬슬 퇴근 준비하고 있었습니다. 오늘은 학생들이 찾아올 것 같지는 않아서요."

"퇴근이라뇨? 오늘 교수회의 있는 거 모르세요?"

"교수회의요? 처음 듣는 얘기네요."

이준희는 한숨을 내쉬며 안쓰럽게 윤우를 바라보았다.

"예상대로 따돌림을 당하고 계시는군요. 오늘 국문과 전체 교수회의 있는 날이에요. 서경석 선생님께서 아무런 말씀도 안 하시던가요?"

"예. 듣지 못했습니다."

"에휴, 아무튼 신화대 꼰대들 알아줘야 한다니까. 따라와요. 이 근처 한정식집에서 식사하기로 했으니 그쪽으로 가면 될 거예요."

초대받지 않은 자리라 조금 내키지 않았지만, 혼자만 빠지는 것이 더 이상하다고 생각한 윤우는 그녀를 따라 교수회의장으로 향했다.

"신경 써 주셔서 감사합니다."

"뭘요. 서로 돕고 살아야죠."

교수회의를 마치고 2차까지 참여한 윤우는 집으로 돌아가기 위해 이준희와 술집을 나섰다.

윤우가 등장하자 다른 교수들은 불편한 기색을 보였다. 하지만 드러내놓고 윤우를 질책하진 않았다. 어찌되었든 그도 엄연히 신화대의 교수였으니까.

"김 선생님, 차 가져오지 않으셨어요?"

"가져왔습니다. 근데 오늘은 택시타고 가려고요. 선생님은?"

"저도요. 그럼 저쪽 길로 가서 택시 잡으면 돼요."

두 사람은 어둑한 밤길을 걸었다. 택시를 타려면 조금

더 걸어 큰길까지 나가야 했다.

"아, 왠지 옛날 생각이 나네요. 저 처음 신화대 들어왔을 때."

"어땠습니까?"

"김 선생님 정도는 아니었지만, 좀 힘들었어요. 신화대 출신이 아니라서. 이번에 한국대 엘리트 선생님이 들어온다기에 기대했는데 저보다 더 심한 대우를 받으시고. 힘드시겠어요."

"나이가 어려서 반감이 더 심한 것 같습니다. 제자뻘 되는 나이니까요."

"하긴. 이제 스물일곱이시죠?"

윤우는 고개를 끄덕였다. 이준희는 은근히 몸을 가까이 붙이며 씨익 웃는다. 마치 자기가 누나라도 되는 양 말이다.

"아직 저도 완전히 인정을 받지는 못했지만, 그래도 서로 힘내 보도록 해요. 그러다 보면 언젠가 좋은 날이 있지 않겠어요?"

"고맙습니다."

"좋아. 이렇게 의기투합한 김에 3차 갈까요?"

그녀가 윤우의 팔을 붙들며 적극적으로 나섰다. 하지만 윤우의 눈은 그녀의 풍만한 몸매가 아니라 시계로 가 있다. 벌써 아홉시가 넘어 있었다.

"죄송하지만 다음으로 미루죠. 일찍 들어가 봐야 합니다. 아내가 집에서 기다리고 있어서요."

"에엑, 아내요? 벌써 결혼하셨어요?"

윤우는 고개를 끄덕였다. 이준희는 뒤통수를 맞은 사람처럼 멍하니 윤우를 바라보기만 했다.

택시를 타고 오는 내내 이준희가 문자를 보내 왔다. 윤우는 괜히 연락처를 알려준 건가 후회했다.

하지만 직장 동료인데다가 바로 옆 연구실을 쓰고 있으니 매정하게 내칠 수도 없는 노릇이었다.

윤우는 푹 쉬라고 문자를 보내 적당히 대화를 끊었다. 그 뒤로 문자가 두어 통 더 오는 듯하더니 조용해졌다.

"다녀왔습니다."

집에 도착해 현관문을 열고 들어가자 가연이가 아기를 안고 마중을 나왔다. 하은이는 곤히 잠들어 있었다. 윤우는 늘 그렇듯 아내의 볼에 키스를 했다.

"언제부터 잠들어 있는 거야?"

"한참 됐어."

"이런, 이따 깨면 잠 못 자겠네. 큰일이다."

그래도 윤우는 즐거웠다. 밤새 울든 말든 상관없었다.

딸아이가 이대로 건강하게 자라준다면야.

"어머니는 언제 가셨어?"

"한 시간쯤 됐어. 저녁 드시고 바로 가시더라."

신혼 때부터 늘 그랬다. 윤우의 어머니는 며느리의 부담을 덜어주기 위해 가급적 집에 들르지 않았다. 온다고 해도 일찍 돌아가는 편이었다. 덕분에 두 사람은 신혼 분위기를 오래 유지할 수 있었다.

하은이를 요람에 눕히고 두 사람은 안방으로 들어왔다. 윤우는 넥타이를 푸르고 겉옷을 벗었다.

"강의는 어땠니?"

가연이가 옷을 받으며 물었다.

"나쁘지 않았어. 생각보다 학생들이 열의가 있더라고. 재미있는 한 학기가 될 것 같아."

"잘 됐네. 쫓아다니는 여학생은 없었고?"

"무슨 소리야? 그런 게 있을 리가 없잖아. 오늘이 첫 강의였는데. 자기는 어땠어?"

"나는 뭐…… 전화번호 물어보는 어떤 근사한 남학생이 있었던 거 빼고는 별일 없었지."

그렇게 말하고는 배시시 웃는다. 질투심을 유발하려는 장난이다. 하지만 윤우가 쿨하게 고개를 끄덕이기만 하니 가연은 입술을 한번 씰룩였다.

"참, 혹시 슬아 연락 받았니?"

"아니. 왜?"

"아까 전화 왔는데 다음 주에 귀국한다고 하더라고. 다 정리하고 완전히 돌아오려는 모양이야."

"좀 더 있겠다고 하더니 생각을 바꿨나보네."

슬아는 얼마 전 예일대에서 박사학위를 받았다. 영미문학 분야에서 두각을 나타내기 시작했고, 예일대를 비롯한 다른 아이비리그 대학에서 강사직을 제안하는 상황이었다.

하지만 가연이의 얘기를 들어보니 슬아는 그 모든 제안을 거절하고 귀국을 결심한 것 같다. 여러 이유가 있었지만, 아무래도 오랜 해외 생활에 지친 것이 가장 클 것이다.

슬아는 겉으로는 강해 보여도 마음은 여린 사람이었다. 타지 생활이 다른 사람보다 몇 배는 더 힘들었다.

그래도 끝까지 버틸 수 있었던 것은 친구들의 응원이 있었던 덕분이었다. 그중 윤우의 도움이 가장 컸다.

"그럼 거하게 환영회를 준비해야겠네."

윤우의 말에 가연은 고개를 끄덕여 동의했다.

"우리 집에 초대할까? 전에 집들이 때 슬아 못 왔잖아. 다들 많이 아쉬워하던 것 같던데."

"좋지. 자기만 힘들지 않다면야."

"그럼 주말쯤으로 날짜 잡아서 애들한테 연락해 볼게."

윤우는 그러라고 답하고 옷을 갈아입었다. 그때 갑자기 뭔가를 느낀 가연이가 코를 윤우의 겉옷에 갖다 대고는 냄새를 맡기 시작했다.

"회식은 어디에서 한 거야?"

"한정식 집에서 저녁 먹고 2차는 술집에서 했어. 그건 왜 물어? 담배 냄새라도 뱄어?"

"아니. 옷에서 여자 향수 냄새가 나는 것 같아서."

"아······."

순간 윤우의 머릿속에 이준희 교수의 모습이 떠올랐다. 유독 달라붙는 통에 그녀의 체취가 옷에 묻은 것 같았다. 향수가 좀 진했으니까.

이야기를 나눠 보니 그녀는 한국대생에 대한 일종의 판타지가 있었던 것 같았다. 싱글이라고 소개하며 윤우에게 적극적으로 호감을 보였다.

그래도 윤우는 분명히 선을 그었다. 앞으로 이성에 대한 가치관이 어떻게 바뀔지는 몰라도, 현재는 가연이 하나만으로도 충분하다고 생각했다.

"신경 쓰지 마. 옆에 앉았던 선생님이 향수를 좀 진하게 뿌렸는데 그 냄새가 좀 묻었나 보다."

그렇게 설명하며 윤우도 겉옷에 코를 대 보았다. 그런데 냄새가 조금도 느껴지지 않았다.

"뭐야, 아무 냄새도 안 나는데?"

"실은 나도 그래. 그냥 한번 떠 본 거야. 그런데 이렇게 월척이 걸릴 줄은 몰랐네."

"떠 봤다고?"

윤우는 한숨을 내쉬며 고개를 가로저었다. 가연은 겉옷을 다시 받아서 옷장 안에 걸어 두었다.

"어째 날이 갈수록 수법이 진화하는 것 같다?"

가연은 혓바닥을 살짝 내밀어 윤우를 약 올렸다.

"어떤 선생님이야?"

"어떤 선생님이긴? 당연히 같은 과 선생님이지. 옆방 쓰는 강의전담교수야."

"예뻐?"

윤우는 피식 웃었다.

"지금 질투하는 거야?"

"아니, 그냥. 궁금해서."

질투라기보다는 조금 걱정이 되는 모양이다. 윤우는 대답 대신 가연을 꼭 안았다. 갑작스럽긴 했지만 그녀도 싫지 않은지 윤우에게 몸을 맡겼다.

두 사람은 젊었다. 그리고 서로를 그 누구보다도 사랑했다. 몸이 달아오르는 것은 금방이었다.

윤우의 손이 가연의 몸을 쓸어 만졌다. 서로 입술이 포개졌고, 혀가 움직이며 뜨거운 신음을 토했다.

그렇게 한창 분위기를 내던 두 사람은 자연스럽게 침대

로 장소를 옮겼다. 하지만, 때맞춰 하은이가 잠투정을 하는 바람에 더 이상 진도를 나가지 못했다.

"하은이 동생 만들기는 틀린 것 같네."

윤우의 한마디에 가연이 부끄럽게 웃었다.

◈

어느덧 윤우가 신화대에서 강의를 시작한 지 일주일이 지났다. 첫 강의 이후 좋은 소문이 났는지 수강변경 기간에 인원이 부쩍 늘어 70명을 넘겼다.

수강인원은 대학에서 교수의 인기를 가늠할 수 있는 가장 객관적인 척도다. 비인기 교양과목에서 70명이 넘는 것은 신화대에서 보기 드문 일이다.

'수강인원이 많다는 건 좋은 신호긴 하지만 부담이 되는 것도 사실이야. 아무래도 강의평가가 있으니까.'

윤우는 신중히 생각에 잠겼다.

강의를 하는 것 자체에는 큰 어려움이 없다. 하지만 그 많은 인원의 과제나 시험 결과에 대해서 일일이 피드백해 주는 것은 결코 쉽지가 않다.

그런데 평가를 받는 것은 학생뿐만이 아니다. 교수들도 종강 무렵에 학생들에게 강의평가를 받는다. 당연히 그 평가는 승진심사에 반영이 된다.

'다른 교수들에게 무시를 당하지 않으려면 강의평가를 잘 받아야겠지. 그러고 보니 신화대에는 우수강의상 제도가 있던데. 일단 그걸 목표로 해볼까?'

나쁘지 않은 생각이었다.

신화대는 학기마다 강의평가가 우수한 교수들을 선정하여 상을 준다. 수상 기준은 강의평가 평점이며, 단과대에서 한 명씩 선정을 한다.

강의평가를 좋게 받기 위해서는 기본적으로 강의를 잘해야 한다. 휴강을 해서도 안 된다. 성실하게 학생들의 마음까지 사로잡아야 한다.

시간이 갈수록 윤우의 눈빛이 깊어졌다. 그때 옆에서 같이 걷던 가연이가 가슴이 닿을 정도로 팔짱을 꼭 끼며 그의 사색을 방해했다.

"아침부터 무슨 생각을 그렇게 심각하게 해?"

"응? 아니. 아무것도 아니야."

두 사람은 오전 수업을 듣기 위해 한국대학교로 향하는 중이었다. 딸애는 윤우의 어머니가 보살피는 중이다.

"고민 있으면 같이 얘기해. 자기는 가만 보면 혼자 생각하고 고민하는 경향이 있더라. 내가 그렇게 못 미덥니?"

"그런 거 아니야. 그냥 앞으로 신화대에서 어떻게 해야할지 생각하고 있었어."

"가끔 보면 무슨 생각하는지 모를 때가 있단 말야."

"숨기는 거 없으니 걱정하지 마."

신호등이 두 사람의 앞길을 막았다. 멈춰 선 윤우는 휴대폰으로 캘린더를 넘겨보았다. 내일 일정이 눈에 들어와 가연에게 물었다.

"내일이지? 슬아 환영회. 못 오는 사람 있어?"

"아니. 다들 와 준다고 했어. 내일 간단히 음식 준비하려고 하는데, 도와줄 거지?"

"여부가 있겠습니까."

신호가 파란불로 바뀌자 두 사람이 앞을 향해 걸었다. 어느새 한국대학교 정문이 나타났고, 두 사람은 소소하게 이야기를 주고받으며 교정을 걸었다.

잠시 후 사회대 건물이 눈앞에 나타났다. 윤우는 가연을 그곳까지 데려다 준 뒤 작별인사를 나눴다.

"수업 끝나고 연락 해. 같이 들어가자."

"알았어."

인문관으로 돌아온 윤우는 곧장 차성빈 교수 연구실로 올라갔다. 결론이 나온 이상 시간을 끌 필요는 없었다.

"생각보다 빨리 나타나는군."

"안녕하세요. 선생님."

윤우는 자리에 앉을 것 없이 차성빈 교수가 앉아 있는 책상 앞에 당당히 섰다.

"일전에 제안해 주신 내기 말인데요. 받아들이겠습니다."

"그럴 줄 알았지. 내가 준 서류가 꽤나 마음에 들었던 모양이야."

"언제 그런 계획을 세워두신 겁니까? 솔직히 좀 놀랐습니다."

"예전부터 기획하고 있던 일이야. 나도 내 밥그릇 정도는 챙겨야 하지 않겠나?"

차성빈은 충분히 그럴 능력이 있는 사람이었다. 회색인들만큼 시류를 잘 읽는 사람은 없다. 게다가 그는 뛰어난 두뇌와 감각을 가졌다.

만약 윤우가 전생의 기억이 없었더라면 그를 상대하기 버거웠을 것이다. 그는 모든 면에서 칼날처럼 예리하게 벼려진 사람이었다.

"그런데 하나 궁금한 게 있습니다. 모든 내기에는 대가가 따르는 법이죠. 이번 내기에서 이긴 사람이 취할 수 있는 것은 무엇입니까?"

"인생의 목표를 달성하는 것 이상의 보상이 있나? 나는 이번 제안서에 내 교수직을 걸었어. 만약 이 제안이 통과되고 성공을 거둔다면 내 야망을 실현할 수 있겠지. 자네도 나름대로 인생의 목표를 달성하는 셈일 거고."

윤우는 그 말의 의도를 바로 이해했다.

만약 내기에서 지게 된다면 씻을 수 없는 인생의 오점을 남길 것이다. 윤우는 신화대로의 선택을 후회할 것이고, 차성빈은 자신이 꿈꿔 온 야망을 접어야 할 것이다.

즉, 이 내기는 이겨서 보상을 얻는 것이 중요한 것이 아니다. 누가 세상과의 싸움에서 버틸 수 있는가 하는 문제다.

"흥미롭네요."

차성빈은 고개를 끄덕였다.

자리에서 일어선 그가 창가 쪽으로 천천히 걸어갔다. 여전히 연구실 안은 불이 들어오지 않아 어두컴컴했다. 그는 커튼을 살짝 걷으며 밖을 바라보았다.

교정을 거니는 학생들의 모습이 보였다. 그들을 담은 차성빈의 두 눈빛이 충만해졌다.

커튼 사이로 한줄기 빛이 들어와 두 남자 사이를 갈라 놓았다. 기묘한 느낌이 들었다. 저쪽과 이쪽이 서로 다른 공간처럼 느껴졌다.

차성빈이 입을 열었다.

"내기라는 표현을 썼지만, 어찌 보면 너와 나는 경쟁자가 아닐지도 모르지. 세상이라는 괴물에 맞서 칼을 꺼내 든 검투사의 운명이라고나 할까……."

묘한 동질감을 느끼게 하는 발언이었다.

하지만 그 근본은 윤우가 생각하는 것과 달랐다. 차성

빈의 사고방식에는 세상에 대한 피해의식이 깔려 있었다.

전생의 윤우였다면 차성빈의 말에 동의했을 것이다. 하지만 지금은 다르다. 노력한다면, 끊임없이 도전한다면 원하는 것을 얻을 수 있다는 것을 행동으로 입증했다.

"뭔가 의미심장한 말씀이네요. 하지만 그 말씀엔 동의할 수 없습니다."

"그런가? 하긴. 너처럼 평범한 환경에서 태어나 자란 사람은 이해할 수 없겠지. 내 말의 참의미를."

차성빈은 다시 책상에 앉았다. 뭔가 복잡한 과거가 있는 그런 느낌. 하지만 윤우는 굳이 캐묻지 않았다.

차성빈이 이어 말했다.

"공평한 내기라고는 생각하지 않아. 네가 훨씬 더 불리한 위치에 서 있지. 아직 너는 박사논문도 쓰지 못한 신출내기일 뿐이니까."

"박사학위는 시간문제라고 생각합니다."

"과연 그럴까? 박사논문 심사에는 외부심사위원도 참가한다는 걸 잊진 않았겠지?"

"그럼 오히려 더 공평하게 진행되겠지요."

"순진하군. 세상에는 논문의 우수성만으로는 입증할 수 없는 현상도 있는 법이야."

차성빈은 씨익 미소를 지었다. 썩 기분이 좋은 미소는 아니었다. 모든 용건이 끝났다. 윤우는 슬슬 자리를 정리해야겠다고 생각했다.

"걱정해 주셔서 감사합니다. 그럼, 선생님의 멋진 활약 기대하겠습니다."

그렇게 마무리한 윤우는 연구실을 나섰다.

잠시 시간이 남아 자하당 앞 벤치에 앉아 전생의 기억을 더듬어 보았다. 키워드는 신화대학교였다.

'차성빈 교수의 말도 일리가 있어. 확실히, 신화대는 발전을 하긴 하지만 명문대의 반열에까지 오르지는 못했지.'

하지만 그것은 과거의 일일 뿐이다.

윤우는 미래를 알고 있었고, 신화대를 명문대로 바꿀 만한 저력이 있었다.

윤우가 개입한 일들은 전생과 다르게 전개되었다. 그가 한국대학교에 입학한 이후로 그의 인생은 물론 주변 사람들의 인생까지 많이 변했다.

그건 신화대 일도 마찬가지일 것이다.

윤우는 강태완 이사장과 민경원 총장과 신화대의 미래에 대해 수시로 논의했다. 분명 그런 노력들이 전혀 다른 미래를 만들어 낼 것이라 생각했다.

"여기서 뭐 하니?"

그때 낯익은 사람이 눈앞에 모습을 드러냈다.

며칠 전에 귀국한 슬아였다. 마치 면접을 보고 나온 사람처럼 여성 정장을 입고 있었다. 윤우는 인사 대신 손을 슬쩍 들어 보였다.

"면접이라도 본 거야? 정장 입은 건 오랜만에 보네."

"잠깐 총장님하고 면담했어."

"이야, 출세했구나. 귀국하자마자 한국대학교 총장이 다 부르고. 역시 미국 아이비리그는 다르다는 건가."

슬아는 옆자리에 앉았다. 별로 농담하고 싶은 그런 기분이 아니었다. 예쁘장한 얼굴에 고민의 기색이 살짝 보였다.

"실은 오퍼를 받았어. 그것도 두 개나."

"교수직?"

슬아는 고개를 끄덕였다. 충분히 납득이 가는 일이다. 그녀는 교수가 되기에 충분한 연구경력을 쌓았으니까. 그것도 외국 학회에서 활약을 했다.

"아까 총장님 만난 자리에서 오퍼를 받은 거야?"

슬아는 그렇다고 답했다. 이로써 목표가 이루어진 셈인가. 윤우가 흥미로운 표정을 지으며 다시 물었다.

"나머지 하나는?"

"신화대학교."

한국대학교라는 선택지는 수긍할 만했다. 애초에 슬아의 목표는 한국대 영문과 교수였고, 그러할 자격이 충분했으니까.

하지만 신화대에서 오퍼를 받았다는 건 전혀 예상하지 못했다. 민경원 총장의 수완이 예일대까지 뻗어 있는 것인가. 윤우는 내심 감탄했다.

"그래서, 두 학교 놓고 고민하고 있는 거야?"

"응. 아무래도 좀."

슬아는 작게 한숨을 내쉬었다. 윤우는 그녀의 어깨를 다독이며 말했다.

"너답지 않게 왜 그래? 네 목표는 한국대였잖아. 세부적인 계약 내용은 잘 모르겠지만, 둘 다 전임교수 계약이라면 한국대가 훨씬 더 좋겠지."

"왜 그렇게 생각해?"

"지금은 아무래도 한국대가 모든 면에서 나으니까. 특히 영문과는 수준이 높잖아. 네가 꿈을 펼치기에 적당한 무대라고 생각해."

슬아는 아무런 대꾸도 하지 않았다. 잠시 뜸을 들이더니 고개를 돌렸다. 그렇게 윤우와 시선을 마주하며 물었다.

"앞뒤가 좀 안 맞는 말인 것 같아. 한국대학교보다 더 좋은 대학을 만든다. 그게 네 신조 아니었니?"

"그렇게 들릴 수도 있겠네. 하지만 그건 중요하지 않아. 과정일 뿐이거든. 궁극적으로는 더 높은 곳에 목표가 있어."

"뭔데?"

"내 손으로 우리나라의 대학들을 개혁하는 거야. 한국대든 신화대든 세계적인 대학으로 우뚝 설 수 있는 환경을 만드는 게 내 꿈이자 목표지. 물론 우선순위는 신화대겠지만."

당당한 말에 슬아는 미소를 지었다. 과연 김윤우답다는 생각이 들었다.

아직 윤우에 대한 마음은 완전히 정리되지 않았다. 고등학생 때부터 품어온 애틋한 마음. 만약 윤우를 깨끗이 정리했다면 이렇게 고민하지 않았을 것이다.

고등학교와 대학교를 다닐 때처럼 직장도 같은 곳을 다니고 싶었다. 점심을 함께 먹고, 강의가 없을 때는 커피 한잔을 하며 소소한 일상을 나누고 싶었다.

그 즐겁고 행복한 풍경이 눈앞에 그려질 듯하다. 하지만 슬아는 고개를 가로저었다. 그것은 말 그대로 꿈이었다. 머릿속에서만 가능한 행복한 상상.

침묵의 시간이 흐르고, 한참 후 슬아가 결심하듯 한마

디 했다.

"결정했어."

"뭐? 이렇게 빨리?"

슬아는 고개를 끄덕였다. 해야 할 일이 무엇인지 떠올려보니 길이 보였다.

지금은 감정을 앞세울 때가 아니다. 윤우처럼 자신의 목표를 바로 세우고 앞으로 나아가야 할 때다. 새로운 인생이 시작되려 하는 시기였으니까.

그렇게 슬아는 한국대학교 총장의 오퍼를 받아들였고, 영문과 교수진에 이름을 올렸다.

한국대학교 영문과 역사상 최연소 전임강사가 탄생하는 순간이었다.

NEO MODERN FANTASY STORY

뉴 라이프

NEW LIFE

Scene #62 신화대학교 교수협의회

- Scene #62 신화대학교 교수협의회 -

"죄송해요. 선생님. 제가 술기운에 그만······."

늦은 아침 윤우의 연구실로 찾아 온 이준희 교수는 연신 고개를 숙이며 사과를 했다.

교수회의가 있던 날 문자로 윤우를 귀찮게 했던 일 때문이었다. 일주일 동안 윤우를 피해 다니다 겨우 용기를 내서 찾아온 것이다.

"겉으로는 별로 취해보이지 않았는데, 술이 은근 약하신가 봐요."

"제가 좀 그래요. 알콜 분해효소를 타고 나서 그런지 겉으로만 얼굴이 말짱한 편이죠. 소주 한 병만 마셔도 정신이 없는데."

"선생님 말대로 3차까지 갔다면 큰일 날 뻔했군요."

윤우가 쐐기를 박자 이준희 교수는 고개를 들지 못했다. 문자로 귀엽다느니 어쩐다니 실언을 했으니 백 번 사죄를 해도 모자를 판이다.

"제가 보낸 문자는 그냥 술주정이라고 생각해 주세요. 정말, 진심으로 아무런 사심도 없었다고요."

거짓말이었다. 이준희는 정신이 멀쩡한 상황에서도 윤우에게 관심을 표했다. 물론 윤우의 철벽수비를 뚫을 정도로 날카롭진 못했지만.

"괜찮습니다. 사과는 그쯤 하세요. 별일도 아닌데 일주일 동안 절 피해 다니시고, 아무튼 제가 오히려 미안할 지경이네요."

"용서해 주셔서 고마워요. 그러는 의미에서 오늘 저녁 식사는 제가……."

"선생님?"

윤우가 나직이 경고하자 이준희가 멋쩍게 웃음을 지으며 농담이라고 말했다.

윤우는 그저 해프닝이라고 생각하고 웃어 넘겼다. 이준희는 자신에게 소중한 우군이었다. 그녀와 협심하여 이 어려운 상황을 헤쳐 나가야만 했다.

윤우가 물었다.

"그런데 이준희 선생님, 우리 교수협의회 의장이 누구

죠?"

"교수협의회 의장이요? 글쎄요, 누구더라…… 아, 맞아요. 전정대 김환 교수. 그 사람이 작년부터 의장을 맡고 있어요."

"선생님도 협의회에 가입하셨죠?"

"예. 어쩌다 보니."

윤우는 턱을 괴며 잠시 생각에 잠겼다.

학교에서 결정권자에 위치에 서기 위해서는 보직교수가 되는 것이 가장 빠르지만, 윤우는 비전임교수라 보직을 받지 못한다. 그래서 교수협의회에 가입하려는 것이다.

신화대학교의 교수협의회에서는 학교의 다양한 정책과 사업에 대한 논의가 진행된다. 교수들의 대표 기구이기 때문에 영향력을 무시할 수 없는 곳이다.

'먼저 교수협의회를 장악하고, 보직을 받으면서 조금씩 위로 올라가면 되겠지.'

윤우는 큰 포부를 지니고 있었고, 그 포부를 실현하기 위해 현실적인 접근법을 택했다.

자신의 능력을 믿고 독불장군식으로 일을 해 나간다면 분명한 한계에 부딪히게 된다. 때로는 적절히 주변 사람의 도움을 받거나 상황을 이용해야 한다.

결국 윤우는 강태완 이사장과 민경원 총장을 등에 업고

빠르게 교수협의회를 장악할 계획을 세웠다. 적극적인 모습을 보인다면 사람들의 눈에 띌 수 있을 터.

윤우가 물었다.

"혹시 그분하고 안면이 있습니까?"

"예. 전에 몇 번 같이 식사를 한 적이 있어요. 이래봬도 저 교수협의회에서 꽤 인기 있는 사람이라고요."

윤우는 피식 웃었다. 이유는 굳이 묻지 않았다. 그녀의 얼굴과 몸매를 보면 얼추 답이 나오니까. 자고로 미인을 싫어하는 남자는 없는 법이다.

"그럼 김환 교수님을 좀 소개해 주시겠어요? 저도 교수협의회에 관심이 많아서요."

"좋아요. 말 나온 김에 지금 가죠."

이준희 교수가 앞장섰다. 두 사람은 연구실을 나서 공학관으로 이동했다.

"김환 교수님은 어떤 사람이죠?"

"조금 괴짜예요. 배 나오고 머리 벗겨진 전형적인 아저씨상인데, 꽤 실력파죠. 작년에 노벨물리학상 후보로 거론되기도 했고요. 그때 느꼈죠. 아, 역시 사람은 겉으로 판단하면 안 되는 구나."

윤우는 씨익 웃었다. 화용론(話用論)을 전공한 사람이라서 그런지, 이준희는 말을 재미있게 잘했다.

"주의해야 할 점 같은 건 없어요? 아무래도 초면이라 실수를 할까 걱정되네요."

"글쎄요. 특별히는 없는 것 같은데. 아, 이제 다 왔네요. 여기가 공학관이에요. 랩실에 가면 김환 교수님 있을 거예요."

두 사람이 거대한 건물 안으로 들어섰다. 이준희는 김환 교수가 상주하는 정보통신연구센터로 윤우를 안내했다.

노크를 하고 안으로 들어가니 모든 사람들의 시선이 이쪽으로 쏠렸다. 그중에는 나이가 지긋한 김환 교수도 있었다.

"처음 뵙겠습니다. 국문과 강의교수 김윤우입니다."

"김윤우?"

전자정보통신공학과의 김환 교수는 머리가 반쯤 벗겨진, 전형적인 중년인이었다. 그는 골똘히 윤우를 노려보더니 고개를 갸웃했다.

"흐음, 못 보던 얼굴인데. 들어온 지 얼마 안 됐나보군."

초면부터 반말이었다. 윤우는 기분이 썩 좋지 않았지만 연배로 보나 경력으로 보나 그가 한참 선배였기 때문에 겉으로 내색은 하지 않았다.

"이번에 강의전담교수로 부임했습니다. 앞으로 잘 부탁드립니다."

"크흠, 그래. 그런데 국문과 선생이 이곳엔 무슨 일이지?"

확실히 문과생과는 거리가 먼 곳이었다. 랩실 안에는 각종 기계류 장비가 즐비해 있고, 학생들이 장치를 조작하며 실험을 진행하고 있었다.

윤우가 이곳을 찾아온 목적을 밝혔다.

"교수협의회에 가입하고 싶어 찾아뵈었습니다."

"교수협의회에?"

"그렇습니다. 교수님께서 의장을 맡고 계시다고, 여기 이준희 선생님께 들었습니다."

이준희가 생긋 웃어 보였다. 그 미소가 마음에 들었는지 김환 교수의 경직된 표정이 조금 풀렸다.

"가입하겠다는 사람은 오랜만이군. 뭐, 특별한 절차는 없고…… 협의회 구성원의 추천을 받으면 돼."

"제가 추천할게요. 상관없죠?"

김환 교수는 귀찮다는 듯 손을 홰홰 저었다.

"자네들 알아서 해. 김윤우라고 했지? 다음 주 화요일에 정기 회의가 있으니 참석하도록 하게. 그때 정식으로 인사들 나누도록 하지."

"바쁘신데 시간 내 주셔서 감사합니다. 그럼 그때 뵙지요."

그렇게 두 사람은 랩실에서 나왔다. 목적지는 다시 종합 연구동이었다.

"아, 날씨 좋다."

"그러게요."

지금은 한창 봄이었다. 개나리와 진달래가 길을 따라 쭉 만개해 있었다. 두 사람은 학생 무리에 섞여 한가롭게 꽃길을 걸었다.

잔디밭 위로 학생들이 둘러 앉아 기타를 치며 맥주를 마시고 있었다. 꽤 즐거워 보였다. 윤우와 이준희는 학부 시절을 추억했다.

"좋을 때네요. 저 때는 정말 아무런 걱정 없이 놀기만 했었는데. 아아, 대학생 시절로 돌아갈 수 있다면 얼마나 좋을까."

"학위논문 다시 써야 하는데도 돌아가시려고요?"

"아, 그건 좀 아니네요. 취소할게요."

이준희가 질린 표정을 지었다. 윤우야 쉽다지만, 학위 논문을 쓰는 것은 평범한 대학원생들에게 결코 쉬운 일이 아니다.

윤우가 말했다.

"그나저나 신화대는 공대 쪽에 힘을 실어주는 모양이

군요. 주요 보직 교수들이 다 공대 교수들이니. 종합 연구동이 있긴 하지만, 아무래도 좀 계열별로 차이가 있는 것 같아요."

"어머, 이제야 눈치채셨어요? 아무래도 눈에 확 띄는 성과는 공대 쪽이 잘 내니까요. 정부 지원금 규모도 차원이 다르고. 천 년 만 년 숙성만 시키는 인문학 계열은 아무래도 천대를 받을 수밖에요. 인문학을 전공한 학생들이 인정을 받으려면 고대 그리스 시대로 돌아가야 한다고요."

"고대 그리스라. 재미있는 농담이네요."

"농담이 아니라 진담이라구요! 저야 뭐 어학을 전공했으니 망정이지, 문학을 전공했다면 정말 입에 풀칠하면서 살아야 했을 걸요?"

"지금 저 들으라고 하는 말씀입니까?"

"아, 아뇨. 그럴 리가요……."

한차례 웃음을 터트린 윤우는 농담이라고 덧붙였다. 문학 전공자가 힘든지는 누구보다도 잘 안다. 전생에서 입에 풀칠을 하고 살았으니까.

이준희가 물었다.

"그런데 교수협의회는 왜 가입하려는 거예요? 뭔가 특별한 이유가 있는 것 같은데."

"왜 그렇게 생각하시죠?"

"제가 여기에 오래 있었던 건 아니지만, 부임한 지 얼마 되지 않았는데 바로 협의회에 들어오는 분들은 못 봤거든요. 대개 떠밀려서 가입하는 게 현실이라서. 게다가 재단에서는 교수협의회를 별로 좋아하지 않아요. 아무래도 서로의 이익이 상충될 수밖에 없으니까. 계약할 때마다 재단의 눈치를 봐야 하는 우리들 비전임교수 같은 사람들은 쉽게 가입할 수가 없어요."

교수협의회는 말 그대로 교수들의 권익을 위한 단체라고 할 수 있다. 따라서 경영자의 입장에 있는 재단과 마찰을 빚을 수밖에 없다.

때문에 매년 계약을 갱신해야 하는 비전임교수들은 교수협의회에 가입하는 게 부담이 될 수밖에 없다. 괜히 재단에 밉보였다간 계약만료로 쫓겨날 수도 있으니까.

하지만 윤우는 두려울 게 없었다. 그의 임용은 재단 이사장과 대학 총장이 보증해 주는 것이었다.

"너무 걱정하지 마세요. 아시다시피 전 박사학위만 나오면 바로 전임교수가 될 수 있으니까. 잘리거나 하진 않겠죠."

"뭔가 좀 재수 없는 말이지만 부럽네요. 아아. 나도 전임교수 하고 싶다."

"선생님도 곧 되실 겁니다. 아직 젊으시잖아요."

"저보다 어린 선생님이 하실 말씀은 아닌 것 같은데요?"

"어려서 죄송합니다."

두 사람은 한바탕 웃음을 터트리며 종합연구동 안으로 들어갔다.

◆

벚꽃이 흩날리는 4월.

윤우는 여느 때와 같이 아침 일찍 출근을 했다. 칙칙한 공기를 바꾸기 위해 창문을 활짝 열었다. 창가에 만개한 라일락이 향긋한 봄내음을 풍겼다.

기분 좋게 몸을 푼 윤우는 책상에 앉아 들고 온 신문을 펼쳤다. 여유롭게 기사를 훑어보던 윤우의 시선이 뚝 멈추더니 얼굴에 경악이 스쳤다.

'잠깐. 뭐야 이건?'

신화대학교 관련 기사였다. 입찰 비리 의혹을 다루고 있는 기사였는데 익숙한 이름이 보였다. 총장 민경원이 연루되었다는 보도를 하고 있었다.

신화대학교 K교수! 거액의 뇌물 수수 정황 포착
사학계의 큰손 민경원 총장 연루 의혹

'뇌물 수수라고?'

윤우는 믿을 수가 없었다. 다른 사람이라면 몰라도, 자신이 존경하던 민경원 총장이 이런 일에 연루되었다는 것을 받아들이기가 어려웠다.

물론 이 기사는 의혹 제기일 뿐이다. 그 어디에서도 팩트를 찾아볼 수가 없었다.

'그래도 한국신문이나 되는 일간지가 뜬소문으로 기사를 쓰진 않았을 거고……'

윤우의 얼굴에 걱정이 스쳤다. 이건 보통 심각한 일이 아니었다. 민경원 총장은 자신의 든든한 버팀목이었다.

윤우는 즉시 전화기를 들고 총장실을 내선으로 연결했다. 하지만 연결이 되지 않았다. 기사가 나간 이후로 전화 문의가 쇄도했기 때문이다.

다급한 마음에 윤우는 자리에서 벌떡 일어섰다. 그리고 즉시 연구실을 나섰다.

'민경원 총장이 사퇴하는 일은 없어야 해. 만약 그렇게 되면 내 계획에 차질이 생길 수밖에 없다.'

우선 사실인지 여부가 중요했다. 총장실을 향하는 윤우의 발걸음이 점점 빨라지기 시작했다.

"총장님과 인터뷰를 하고 싶은데요!"

"한국신문 보도가 사실입니까? 답변을 부탁드립니다!"

"민경원 총장이 연루되었다는 증거가 속속 올라오고 있는데요. 이 증거들이 사실입니까?"

"취재를 요청드립니다!"

총장실 앞은 말 그대로 아수라장이었다. 카메라와 마이크를 든 기자들이 한가득 몰려 어떻게든 비집고 안으로 들어가려고 하고 있었다.

"밀지 마세요!"

"거기, 허가 없이 카메라 돌리지 말아요!"

경비 세 명과 비서실 직원들이 그들을 저지하고 있는 상황. 도저히 뚫고 들어갈 틈이 보이지 않았다. 윤우는 멀리 떨어져 이 상황을 지켜볼 수밖에 없었다.

"공식적으로 입장 표명할 때까지 기다리세요! 아직 확정된 건 아무것도 없습니다!"

비서실장이 목청을 높였다.

하지만 기자들은 집요했다. 몸싸움을 하며 어떻게든 안으로 들어가려고 했다.

그들의 입장에서는 보기 드문 특종이었다. 한국신문에서 표현한 것처럼 민경원 총장은 사학계의 큰손이었다. 이번 사건은 웬만한 정치인들의 비리보다도 크게 다뤄질 수 있는 것이었다.

그때 윤우의 눈에 낯익은 사람의 모습이 보였다. 명인

일보의 박철순 국장이었다. 그가 앞으로 비집고 나가며 직원들에게 질문을 던졌다.

"딱 한 마디만 듣고 싶습니다! 정말 총장님은 안 계신 겁니까? 밖에 총장님 차량이 주차되어 있는 것을 확인했는데요. 이래도 발뺌을 하실 건가요?"

"어허, 이 사람이. 자꾸 여기서 소란 피우면 우린 경찰에 신고할 수밖에 없어요. 취재 요청은 서면으로 해 주시기 바랍니다! 경비원! 다들 밀어 내고 문 닫아요!"

쾅!

경비와 비서실 직원들이 문을 닫고 걸어 잠갔다. 기자들은 문을 여러 차례 두드리더니, 결국엔 제 풀에 지쳐 떨어져 나갔다.

윤우는 인파를 헤치고 박철순 국장에게 다가갔다.

"국장님."

"아, 김윤우 선생. 이제야 출근했나 보군."

'선생'이라는 말에 주변에 있던 기자들이 윤우를 향해 의혹의 눈길을 보냈다. 박철순 국장은 윤우의 호칭을 선생에서 기자로 슬쩍 바꾸었다.

"오랜만이야. 김 기자도 특종을 물러 왔나? 밖에서 담배나 한 대 피지."

"좋죠."

건물이 금연구역이었기 때문에 두 사람은 대학본부

건물에서 나왔다. 건물 옆쪽에 있는 흡연구역 벤치에 자리를 잡았다. 윤우는 비흡연자라 캔커피를 하나 뽑아 왔다.

"김 선생도 소식 들었지?"

"총장님이 입찰비리에 연루되었다는 소식이라면 저도 아침에 신문에서 읽었습니다. 그런데 밑에 기자들 시키지 않고 왜 직접 나오셨어요?"

"마침 이 근처에 일이 있었거든. 오전 일찍 터진 거라, 일단 내가 먼저 나왔지. 이런 특종은 좀처럼 보기 힘든 거라서. 왕년엔 나도 이름 좀 날리던 현장기자였잖아?"

윤우는 씁쓸한 미소를 지었다.

박철순 국장에게는 이번 사건이 호재이지만, 윤우는 그렇지 않았다. 결과가 어떻게 나오든 민경원 총장은 커리어에 적지 않은 타격을 입을 것이 분명하다.

담배를 피우던 박철순 국장은 윤우의 표정을 살폈다.

"김 선생이랑 민 총장은 가까운 사이였지? 걱정이 되겠어."

"사실 아직도 믿기지가 않습니다. 민 총장님은 그런 일을 하실 분이 아니라서요."

"세상에 털어서 먼지 안 나는 사람 있던가? 총장직 정도면 각종 이권사업에 관여할 수 있는 자리지. 자의든 타의든 이런 일에 연루되기는 무척 쉬울 거야."

"그렇긴 하지만…… 아까 기자들이 하는 이야기를 들어 보니 증거가 계속 올라오고 있다고 하던데, 그게 사실입니까?"

"하하하. 이런 말 하기 부끄럽지만 우리들이 흔히 하는 낚시질이야. 유도심문이라고 해야 하나? 아직 명확한 증거는 없어. 하지만 시간이 지나면 진실이 밝혀지겠지."

박철순 국장은 하늘을 올려다보며 담배연기를 길게 내뿜었다. 표현만 하지 않았을 뿐, 그는 민 총장이 연루되었다고 확신하고 있는 듯했다.

두 사람은 잠시 침묵했다. 그 사이 몇몇 학생들과 직원들이 담배를 피우기 위해 근처에 자리를 잡았다.

그들의 대화 주제도 민 총장에 대한 것이었다. 직원들은 민 총장을 걱정했지만, 학생들은 학교가 썩었다며 욕을 하는 것에 정신이 없었다.

그럴 수밖에 없었다. 학생들은 대학을 등록금만 뺏어가는 나쁜 집단이라고 생각하니까.

작년 신화대는 전국 사립대학 중 유일하게 등록금을 인하했다. 그럼에도 불구하고 학생들의 불만은 끊이지 않았다. 애초에 등록금이 너무 비싸기 때문이다.

"허허. 민 총장은 학생들에게도 인기가 없었구만."

피식 웃은 박철순 국장은 담배를 비벼 끄고 목소리를 낮췄다.

"밖에서 시끄러운 건 잠깐이겠지만, 학교 안에서는 아주 홍역을 앓을 거야."

"학생들 때문에요?"

"아니. 교수들 때문에."

그건 또 무슨 말이란 말인가. 윤우는 박철순 국장의 말에 집중했다.

"자넨 부임한 지 얼마 안 돼서 잘 모르겠군. 민 총장, 수완가로 이름이 높긴 하지만 교수들 사이에서는 평판이 그리 좋지 않아. 민 총장이 유명한 인사들을 교수로 초빙해 오는 거 잘 알지?"

"알고 있습니다."

"그러다 보니까 해외 유명 대학 출신들을 교수로 데려오게 됐지. 초빙해 온 교수들을 더 잘 챙겨주게 되고…… 갈등이 생겨 결국 국내 명문대와 해외 명문대로 파벌이 갈리게 된 거야. 아마 시간이 지나면 그 미묘한 기류를 김 선생도 느낄 수 있을걸?"

"그렇다면, 국내파 교수들이 이번 사건을 계기로 민경원 총장을 압박할 거라는 말씀입니까?"

박철순 국장은 무릎을 탁 치며 고개를 끄덕였다.

"자넨 역시 머리가 잘 돌아가는군. 교수는 아무나 하는 게 아니라니까. 맞아. 민경원 총장의 비리가 입증되든 그렇지 않든 이번 사건을 물고 늘어질 게 분명해. 예전에 연수대에서도 비슷한 일이 있었지 아마. 그때도 총장이 혐의가 없었는데도 어쩔 수 없이 퇴진했었어."

그것은 윤우도 최근 어렴풋이 느끼고 있는 신화대의 문제점이었다. 교수협의회에 이름을 올린 교수들의 이력을 보더라도 쉽게 알 수 있다.

신화대의 이학 · 공학계열 스타급 교수들은 대부분 해외 명문대 출신이다. 그에 비해 인문 · 사회계열 교수들은 국내 명문대 출신이다.

그러다보니 학교의 이권 사업에서 적지 않은 충돌이 벌어지는 상황. 겉으로는 발전하는 것처럼 보여도, 신화대는 해외파와 국내파로 분열되어 있었다.

아마 돌아오는 화요일에 열릴 교수협의회에서 이와 관련한 안건이 올라올 것이다.

'국내파 교수들이 가만히 있지 않을 것 같은데. 민 총장님을 도와드릴 방법이 없을까?'

하지만 그 전에 사실여부를 판단하는 것이 우선이었다. 아무리 민 총장과 가까운 사이라고 해도, 그가 불의를 저질렀는데 도와줄 수는 없다.

'일단 총장님과 연락이 되지 않으니 강태완 이사장님을 만나봐야겠어. 이사장님이라면 뭔가 알고 계시겠지.'

그렇게 윤우가 생각을 정리하는 사이 박철순 국장이 누군가와 통화를 했다. 잠시 후 전화를 끊고 자리에서 일어섰다.

"밑에 직원이 취재를 나왔다는군. 잠깐 그쪽으로 가 봐야겠어. 언제 밥이라도 한 끼 먹자고."

"조만간 한번 연락드리겠습니다."

그렇게 두 사람은 헤어졌다.

윤우는 강태완 이사장을 어렵사리 면담하고 연구실로 돌아왔다. 예상대로 민경원 총장에게는 별다른 혐의가 없었다.

오후 무렵에는 민경원 총장도 입장을 정리하기 위해 기자회견을 열었다. 핵심 증거로 떠오른 경쟁업체 접대는 5만 원짜리 회 한 접시였다고 해명했다.

'하지만 경솔한 행동이었어. 조금 더 신중하게 생각을 하셨더라면…….'

윤우는 아쉬웠다. 민 총장도 자신의 실수를 인정했다. 입찰 사업을 너무 쉽게 생각하고 행동한 것이다.

아무튼 언론에서는 점차 보도를 자제하는 분위기였지만, 신화대 내부에서는 정반대의 상황이 벌어졌다. 박철순 국장의 예견대로 국내파 교수들이 머리를 맞대기 시작한 것이다.

그간 쌓여왔던 불만이 이번 사건을 계기로 터질 것이 분명했다. 윤우는 민경원 총장의 편에 서기로 결정하고, 연구실을 나와 이준희 교수 연구실을 노크했다.

"어? 김 선생님. 웬일이세요?"

이준희는 두 눈을 동그랗게 뜨며 윤우를 바라보았다. 윤우가 자발적으로 자신의 연구실에 찾아온 것은 오늘이 처음이었다.

"시간 괜찮으시면 저녁 식사나 같이 하려고요."

"네?"

이준희는 그게 무슨 말이냐는 듯 두 눈을 깜빡였다. 윤우는 피식 웃었다.

"선생님하고 저녁 식사 같이 하려고 왔어요. 시간 괜찮으세요?"

"아, 그, 그게…… 별 약속은 없어요. 그런데 의외네요. 선생님이 먼저 저녁을 같이 하자고 하시고. 오늘 해가 서쪽에서 뜨지는 않았는데."

그렇게 생각할 만했다. 윤우는 그간 이준희에게 철벽처럼 굴었으니까.

"부탁드릴 것도 있어서요. 맨입으로 청하긴 좀 곤란한 문제라."

"부탁이요?"

"일단 가시죠. 여기에서 얘기하긴 좀 그러네요."

두 사람은 저녁 식사를 하기 위해 근처에 있는 적당한 식당에 들어갔다. 이준희는 겉멋에 빠진 여자가 아니었기 때문에 값싼 한식집을 선택했다.

윤우는 김치찌개를, 이준희는 순두부찌개를 시켰다. 그 것은 이준희 교수가 제일 좋아하는 메뉴다.

"그래서 하고 싶은 말씀이 뭐예요? 뜸 그만 들이고 어서 얘기해 봐요."

이준희는 살짝 들뜬 모습이었다. 아무래도 윤우에게 호감이 있는 상황이었고, 감정을 숨기거나 하는 그런 사람은 아니었으니까.

"다음 주 화요일에 교수협의회 열리는 거 알고 계시죠?"

"네. 아까 연락 왔더라고요. 중요한 의제가 있으니 꼭 참여하라고. 민 총장님 관련한 이야기가 나올 것 같아요. 이번에 스캔들 하나 터졌었잖아요."

"제가 부탁드릴 말씀도 바로 그거 때문입니다."

반찬을 하나 집어먹던 이준희 교수가 윤우를 주목했다. 윤우는 몸을 살짝 앞으로 기울이며 입을 열었다.

"아마 민 총장님 퇴진에 대한 이야기가 나올 겁니다."

"엑, 퇴진이요?"

"제가 대강 알아봤는데, 국내파 교수들이 주도적으로 일을 추진하고 있더라고요. 교수협의회에 정식 안건으로 올라올 겁니다."

"큰일이네요."

이준희 교수는 입술을 살짝 깨물었다. 상황이 자기가 생각하는 것보다 심각하게 돌아가고 있었다.

총장이 바뀌는 것은 굉장히 큰 의미가 있는 일이다. 우선적으로 재계약에 영향을 준다. 일반적으로 총장이 바뀌게 되면 재계약이 되지 않을 확률이 올라간다.

다시 말해 민 총장이 퇴진하게 되면 계약교수인 자신의 자리가 위태로워질 수도 있는 것이다.

"단도직입적으로 말씀드리죠. 전 교수협의회에 참석해서 민경원 총장님을 변호할 생각입니다."

"잠깐, 잠깐만요. 그건 안 돼요. 우리 국문과가 국내파의 핵심이라는 거 선생님도 아시잖아요. 민경원 총장님을 섣불리 감쌌다가는 미움을 살 수도 있어요."

윤우도 이미 계산에 넣은 일이었다. 서경석 교수를 비롯하여 다른 국문과 교수들은 골수 신화대 출신. 민 총장을 변호하면 그들이 적으로 돌아설 것이다.

"저도 잘 알고 있습니다. 하지만 우리 학교가 발전하기 위해서는 민 총장님이 반드시 남아 계셔야 해요. 우리 대학의 중장기발전계획, 그거 아무나 할 수 있는 게 아닙니다."

현재 신화대가 전개하고 있는 중장기발전계획은 민경

원 총장이 개입한 핵심 프로젝트였다. 만약 총장이 바뀌게 된다면 프로젝트가 좌초될 우려가 있다.

좌초되지 않더라도 많은 부분에서 변수가 생길 것은 분명하다. 단순히 윤우가 자신의 자리를 보전하기 위해 민 총장을 감싸는 것이 아닌 것이다.

"김 선생님 말씀은 알겠어요. 하지만 자기 자리가 남아 있어야 학교가 발전하든 뭘 하든 하는 거 아니겠어요? 김 선생님이 전임교수 계약을 하신 건 저도 알긴 하지만…… 계속 밉보였다가는 이곳에서 버틸 수 없게 될지도 몰라요."

"그래서 선생님께 부탁을 드리려는 겁니다. 큰일을 하려면 위험부담이 따르기 마련이지요. 하지만 그 대가는 분명 달콤할 겁니다."

윤우의 자신 있는 한마디에 이준희가 고민을 하기 시작했다. 팔짱을 끼며 한참을 생각하더니, 이내 한숨을 푹 내쉬었다.

"정말, 어쩔 수 없네요. 알았어요. 제가 뭘 어떻게 도우면 되는데요?"

2010년 4월 13일, 신화대학교 정기 교수협의회가 열렸다.

윤우의 예상대로 민경원 총장의 처신 문제가 거론되더니, 열띤 토론으로 이어졌다. 국문과 교수들을 필두로 국내파 교수들은 민 총장의 퇴진을 요구했다.

해외파 교수들은 사소한 스캔들로 대학의 수장을 교체하는 것은 어불성설이라 맞섰다. 하지만 수가 많지 않았고, 논리가 부족하여 시간이 지날수록 밀리기 시작했다.

"조용, 조용들 하시오! 동네 싸움도 아니고 목소리를 높일 일은 없지 않습니까? 표결로 합시다. 많은 쪽 의견을 이사회에 전달하는 것으로 하지요."

교수협의회장 김환 교수는 직원에게 표결을 지시했다. 임시 투표지가 돌려졌고, 직원들이 일사불란하게 투표 결과를 집계했다.

잠시 후 결과가 나왔다.

"민경원 총장 퇴진 찬성의 표가 15표 더 많습니다. 그럼 이사회에 퇴진을 요구하는 것으로 결정을 하지요. 다들 이의 없으시겠지요? 그럼……."

김환 교수는 의사봉을 들어 내리치려고 했다. 그때 국문과 교수가 모인 자리에서 누군가가 일어섰다.

"이의 있습니다."

"뭐라?"

실내가 웅성거리기 시작했다. 이준희 교수는 걱정스러

운 표정으로 윤우의 모습을 바라보았다.

"자네는……."

"국문과 강의교수 김윤우입니다."

모든 사람들의 이목이 윤우에게로 집중되었다. 윤우는 당당히 단상으로 걸어 나갔다.

그가 걸음을 옮길 때마다 회의장 안이 시끌벅적해졌다. 보수적인 모임에서 이런 돌발행동은 정말 이례적인 일이었다.

당연히 국문과 교수진들 사이에서는 난리가 났다.

국문과 서형운 교수가 학과장 서경석에게 따지듯 물었다.

"도대체 김윤우 저 친구는 왜 나서는 겁니까?"

"나도 모르겠어. 분명 얼마 전 회의에서는 아무 말을 하지 않았었는데……."

서경석 교수는 이를 갈았다. 윤우가 예고도 없이 자신들의 입장과는 정반대의 행보를 보였기 때문이다.

국내파 교수들에게 어떻게 해명을 해야 할까. 그렇게 머리를 굴리던 서경석 교수가 고개를 휙 돌려 이준희 교수에게 물었다.

"자네! 뭐 알고 있는 거 있나? 바로 옆 연구실을 쓰니 뭔가 알 법도 한데 말이야."

"네? 아아뇨. 아무 것도 모르는데요."

이준희 교수는 노련하게 시치미를 뗐다. 얼마 전 윤우가 당부했었다. 도와주는 것은 좋지만 본인에게 피해가 갈 만큼은 하지 말라고.

그 대목에서 그녀는 윤우에게 큰 감동을 받았다. 학교를 생각하는 마음은 차치하더라도, 동료를 아끼고 생각하는 그의 진심을 느낀 것이다.

어느새 단상으로 올라온 윤우가 김환 교수의 옆에 섰다.

"의장님. 주제넘지만 제가 한 마디 해도 괜찮겠습니까?"

"크흠."

김환 교수는 난처한 표정을 지었다. 그러더니 이준희 교수를 빤히 바라본다. 문득 얼마 전 이준희 교수가 부탁한 것이 떠올랐기 때문이었다.

그것은 회의 도중 윤우에게 발언권을 허가해 달라는 부탁이었다.

어려운 부탁은 아니었다. 회원이라면 누구나 발언권을 가지고 있으니까. 하지만 이렇게 표결 후 이의를 제기하는 것으로 발언권을 얻으려고 할 줄은 꿈에도 몰랐다.

"짧게 부탁함세."

"감사합니다."

한숨을 내쉰 김환 교수는 윤우에게 자리를 양보했다.

그때 앞 열에 앉아 있던 교수 두어 명이 동시에 일어나더니 윤우에게 삿대질을 했다.

"넌 뭐야!"

"강의교수 주제에 무슨 이의인가? 어서 단상에서 내려 가!"

쉴 새 없이 비난이 몰아쳤다. 마치 의결을 앞둔 국회의 사당을 보는 것 같은 느낌이다. 대부분 거친 언사로 윤우를 깎아내렸다.

하지만 단상에 선 윤우는 싱긋 웃으며 여유를 부렸다.

"말씀들이 지나치시네요. 강의교수 주제라고요? 몰랐습니다. 우리 교수협의회가 이렇게 민주적인 단체일 줄은."

"뭐라고?"

"전 강의교수이기 이전에 교수협의회 정회원입니다. 잘 기억이 나지 않으시는 것 같아서 상기해 드리는 거니 귀 열고 잘 들으세요."

이준희 교수가 감탄사를 내뱉었다. 예의바르고 얌전한 청년인 줄 알았는데 이렇게 대담한 면이 있을 줄은 몰랐던 것이다.

윤우가 계속 말했다.

"우리 의회 정관을 보면 이렇게 적혀있습니다. 모든 구성원들은 동등한 권리를 가지며 이를 행사할 수 있다. 저는 회원으로서 여러분들께 한 말씀 올리고자 올라온 겁니다. 다른 의도는 없습니다."

당당한 그의 태도에 삿대질을 하던 교수들의 얼굴이 시뻘게졌다.

"이미 표결로 끝난 이야기를 뒤집으려 하는 거잖나!"

"압니다. 저도. 투표 결과는 존중합니다. 그러나 합리적이지 못한 부분이 있다면 문제제기를 하는 것이 학자 된 자의 당연한 자세가 아닐까요? 여러분들은 교수이기 이전에 모두가 학자 아닙니까?"

"......"

윤우의 정론에 다들 꿀 먹은 벙어리가 되었다.

윤우는 어깨를 펴고 좌중을 둘러보았다. 100여 명이 넘는 교수들이 하나도 빠짐없이 자신을 바라보고 있다.

그들은 학생들도 아니고 교수들이다. 배울 대로 배운 사람들이다. 긴장이 될 법도 했지만, 윤우는 오히려 희열을 느끼고 있었다.

"저는 사퇴 요구를 하는 것이 잘못되었다고 생각합니다. 근본적으로 민 총장님에게 혐의가 없기 때문입니다. 그리고 지금 우리 대학은 매우 중요한 전환기를 맞이하고 있지요. 이 상황에서 대학의 수장을 압박하는 것은 합리적이지 못한 행동입니다."

"그러니까 그 문제뿐만이 아니라니까 그러네. 처신의 문제란 말입니다! 업체 선정을 앞두고 접대를 받는 게 말이나 됩니까?"

"맞습니다. 회 한 접시 먹고 돈가방을 받았을지 누가 압니까?"

"어허, 이 사람들이!"

순식간에 회의장이 시장통이 되었다. 아까와 똑같은 상황이 반복되었다. 국내파 교수들은 일제히 기립하여 민 총장을 비난하기 시작했다. 해외파 교수들도 이에 질세라 목청을 높여 대응했다.

윤우는 한숨을 내쉬었다. 그러더니 힘껏 단상을 내리쳤다. 쿵 하는 소리에 내부가 조용해졌다.

"아직 제 이야기 안 끝났습니다."

그렇게 운을 뗀 윤우는 투표용지가 들어 있는 박스를 손에 쥐었다. 그러더니 홱 뒤집었다. 하얀 투표용지가 눈처럼 바닥으로 쏟아졌다.

모두가 윤우의 돌발행동에 깜짝 놀라며 입을 벌렸다.

"저, 저런!"

"도대체 무슨 짓인가?"

"김윤우 교수!"

씨익 웃은 윤우는 투표함을 바닥으로 집어 던지고 손을 탁탁 털었다.

윤우가 진짜 하고 싶은 이야기는 지금부터였다.

"생각해 보면 굉장히 슬픈 일이죠. 정치적인 이유로 대학의 수장을 바꾸려 한다는 것이요. 대학은 교수 제위께서 생각하시는 것만큼 그렇게 만만한 공간이 아닙니다."

이준희 교수는 손톱을 뜯으며 조마조마한 눈으로 윤우를 지켜보고 있었다. 반면 다른 교수들, 특히 국문과 교수들은 윤우를 잡아먹을 듯 노려보고 있다.

윤우가 계속 힘주어 말했다.

"이번 일은 교직원은 물론 우리 학교에 다니고 있는 학생들, 그리고 졸업한 학생들, 나아가서는 우리 학교에 입학할 학생들의 미래가 걸린 매우 중요한 일입니다. 슬프게도 대한민국에서는 대학이 인생을 결정짓는 중요한 요소 중 하나니까요. 때문에 대학이 발전하는 것, 세계적인 명문대로 우뚝 서는 것이 최우선 과제가 되어야 합니다. 그런데 이렇게 중요한 일을, 보잘것없는 이런 종이쪼가리 하나로 결정하는 게 정말 옳다고 생각하십니까?"

윤우는 반쯤 접힌 투표용지를 흔들다 바닥으로 집어 던졌다. 좌중이 침묵에 휩싸였다. 윤우는 계속해서 자신만의 논리를 펼쳐나갔다.

"우리는 대학의 모든 구성원들의 이익을 위해 좀 더 멀리 볼 필요가 있습니다. 이 자리에서 논의되어야 하는 것은 총장님의 퇴진 문제가 아니라 우리 학교가 나아가야 할 방향이라고 생각합니다. 그러기 위해 존재하는 교수협의회가 아닐까요? 이상입니다."

고개를 숙여 좌중에 인사를 한 윤우는 자신의 자리로 돌아갔다. 짧지만 강렬한 소감이었다.

교수협의회장 김환 교수는 착잡한 표정으로 바닥에 쏟아진 투표용지를 바라보고만 있다. 이내 조용했던 회의장이 교수들의 목소리로 시끄러워졌다.

서로가 옳다고 주장하고 있었다. 지성인들다운 토론은 조금도 찾아볼 수가 없었다.

"조용, 조용들 하시오!"

김환 교수가 목소리를 높였다. 그러더니 굳게 결심한 표정으로 자리에서 일어섰다.

"의장으로서 김윤우 교수의 발언에 동감하는 바요. 우리가 섣불리 움직였다는 인상을 지우기가 어렵군. 민경원 총장에 대한 안건은 보다 신중히 검토되어야 한다고 판단, 금일 진행한 투표는 직권으로 무효로 처리하지요."

탕탕탕.

김환 교수가 의사봉을 세 번 두드렸다. 국내파 교수들이 강하게 반발해 일대 소란이 일어났지만, 일단 정기 교수협의회는 그렇게 막을 내렸다.

NEO MODERN FANTASY STORY

뉴 라이프

NEW LIFE

Scene #63 히든 카드

NEW LIFE

Scene #63 히든 카드

정기 교수협의회를 마치고, 윤우와 이준희 교수는 윤우의 연구실에서 한숨을 돌렸다. 이준희는 한 순간도 윤우의 얼굴에서 시선을 떼지 않았다.

"정말 대단한데요? 다시 봤어요."

"예전에는 어떻게 보셨길래 그래요?"

"흐음, 그냥 어리고 귀여운 선생님?"

윤우는 고개를 가로저으며 한숨을 내쉬었다. 이준희 교수의 나이는 올해로 서른. 나잇값을 할만도 한데, 자꾸 귀엽다는 말을 입에 올린다.

"아무튼 대단해요. 선생님의 생각이 그렇게 깊을 줄은 몰랐네요. 역시 사람은 겉으로 보고 판단하면 안 된다니까?"

"겉으로는 생각이 없어 보인 겁니까."

"아, 아니. 그런 건 아니고요…… 그런데 아무튼, 이제 어쩌죠? 아까 서경석 선생님 얼굴 보니 장난이 아니던데. 다른 교수님들도 그렇고."

"어떻게든 돌파해 봐야죠."

지금까지는 별 호출이 없었다. 하지만 조만간 자신을 불러 호통을 칠 것이다.

하지만 윤우는 크게 걱정하지 않았다. 신화대 국문과를 최고의 학과로 만들어 주면 불만은 자연스럽게 줄어들 것이다. 윤우에게는 비장의 계책이 있었다.

'그 계획만 성공한다면 인서울 대학이 부럽지 않은 학과로 성장할 거야. 대학평가도 문제없을 거고. 많은 수익을 창출할 수 있어.'

윤우는 턱을 쓸어 만지며 미리 세워둔 계획을 다시금 점검했다. 그것에 집중하느라 이준희 교수가 하소연을 하는 것을 듣지 못했다.

"저기요. 김 선생님. 제 말 듣고 계신 거예요?"

"아, 죄송합니다. 뭐라고 하셨죠?"

"됐어요. 두 번은 말 안 해요."

바로 그때 노크가 들렸다. 윤우와 이준희 교수는 서로를 바라보며 긴장했다. 혹시 서경석 교수가 아닐까 하는 생각이 들었던 것이다.

윤우가 들어오라고 하자 문이 슬그머니 열렸다. 서경석 교수가 아니었다. 어떤 젊은 남자였는데, 윤우도 처음 보는 사람이었다.

나이는 윤우보다 조금 더 많아 보였다. 이준희의 또래 정도로. 굉장히 지적인 이미지의 사내였는데, 근사한 양복과 구두를 갖춰 입고 있었다.

"이런, 손님이 계셨군요. 제가 실례를 저지른 것은 아니겠지요?"

"괜찮습니다. 그런데 누구시죠?"

사내는 훈훈한 미소를 지으며 걸어오더니 윤우에게 악수를 건넸다.

"천체물리학과의 배용준입니다."

"아, 기억나요. 그 MIT에서 작년에 오신 교수님? 제가 좋아하는 배우랑 이름이 똑같아서 기억하고 있었어요."

배용준 교수는 가벼이 웃으며 이준희를 향해 고개를 슬쩍 숙였다. 매우 젠틀한 남자였다.

배용준 교수가 다시 윤우를 바라보며 말했다.

"이렇게 불쑥 찾아와서 죄송합니다. 하지만 오지 않고는 못 견디겠더군요. 오늘 교수협의회에서 연설하신 거, 감동 깊게 들었습니다. 대단하시더군요. 꼭 한 번 이야기를 나눠 보고 싶어서 이렇게 찾아왔습니다."

"과찬이십니다. 그저 생각하고 있는 걸 말했을 뿐인

데요."

배용준 교수는 단호히 고개를 가로저었다.

"대부분의 사람들은 생각에서 그치는 경우가 많습니다. 행동으로 이끌어 내기까지는 정말 어렵고 많은 용기를 필요로 하지요. 아무튼, 저도 김 교수님의 뜻에 동의합니다. 민 총장님은 앞으로도 많은 일을 해 주실 분이죠."

윤우의 얼굴에 절로 미소가 걸렸다. 자신의 생각을 이해해 주는 사람이 이렇게 빨리 나타날 줄은 몰랐다.

윤우는 배용준 교수와 저녁식사를 했다. 물론 이준희 교수도 함께였다.

배용준 교수는 올해로 서른두 살, 나이가 세 사람 중 가장 많았다. MIT를 졸업한 수재로 민경원 총장이 특별히 초빙한 사람이었다.

이야기를 나누다 보니 윤우는 배용준 교수와 여러모로 비슷한 점이 많다는 것을 느꼈다. 그 또한 신화대를 최고의 대학으로 키우고자 하는 뜻을 품고 있었다.

세 사람은 각자 연락처를 교환했고 앞으로 종종 만나 친목을 다지기로 합의했다.

무엇보다도 배용준 교수는 신화대에 젊은 교수 모임이

있다는 사실을 귀띔해 주었다. 다음에 모임이 열리는 날 두 사람을 초대해 주겠다고 약속했다.

"다녀왔습니다."

집으로 돌아온 윤우는 현관에서 멈칫했다. 신발이 평소보다 많았다. 못 보던 것들이 신발장에 놓여 있다.

"뭐야, 손님 왔어?"

"우리 왔어!"

동생의 목소리였다. 안으로 들어오니 성진이와 예린이가 소파에 앉아 과일을 먹고 있었다.

현관으로 마중을 나온 아내가 가방을 받았다.

"하은이 보고 싶다고 해서 놀러들 왔어. 저녁은?"

"먹고 왔지."

"학교에서 뭐 좋은 일 있었어? 표정이 좋아 보이네."

윤우는 고개를 끄덕였다. 이제 아내를 속이는 것은 불가능에 가까워졌다.

"우연히 마음에 맞는 동료를 얻었어. 같이 저녁식사 하고 오는 길이야."

"또 예쁜 여자 교수님이야?"

"아니, 남자야."

두 사람은 늘 그렇듯 가볍게 키스했다. 그 장면을 지켜보던 예린은 사과를 신경질적으로 아삭 깨물더니 인상을 찌푸렸다.

"신혼 끝난 지가 언젠데 아직까지 뽀뽀를 해?"

"아직 안 끝났어. 앞으로도 계속 신혼이다."

"어휴, 결혼하더니 더 능글맞아졌다니까."

오랜만에 보는 동생이었지만 잔소리는 여전했다. 그래도 요즘은 보고 싶어도 잘 볼 수가 없다. 웹툰계에서 워낙 유명인사가 되었기 때문이다.

"만화는 일본에서 잘 팔리고 있어?"

"70만부 정도 팔렸다고 하더라고. 계속 증쇄하고 있대."

"이야, 대박이네."

일본은 만화강국이다. 그런 곳에 수출을 해서 70만부 이상 팔았다는 것은 정말 대단한 일이었다.

이번엔 성진이 덧붙였다.

"차기작 얘기가 벌써 나오고 있어. 그래서 회사 차원에서 신중히 검토 중이다."

윤우는 고개를 끄덕이곤 더는 묻지 않았다. 이젠 회사에서 완전히 손을 뗐으니까.

"결혼 준비는?"

"뭐, 순조롭지. 맞아. 너 선물로 냉장고 사 주기로 한 거 잊지는 않았겠지? 기대하고 있다고. 최신형으로 부탁한다. 요즘 좋은 건 냉장고에서 얼음도 나오던데."

동생과 성진의 결혼식이 이제 한 달 정도가 남았다.

왠지 동생이 시집을 간다니 싱숭생숭했다. 하지만 상대가 성진이니 마음을 놓을 수 있었다.

"그래. 하나뿐인 동생 결혼식인데 잘 챙겨 줘야지. 냉장고하고 세탁기 같이 해 줄게. 걱정하지 마라. 아무튼 난 잠깐 잔업 좀 해야 하니 놀고들 있어."

"세상에. 대학 교수도 잔업이 있어?"

"비정규직이잖아."

그렇게 대꾸한 윤우는 옷을 갈아입고 서재로 들어갔다. 컴퓨터 앞에 앉아 학생들이 보낸 메일에 친절히 답장을 해 주었다.

윤우는 학생들과의 교감을 굉장히 중요하게 생각했다. 그래서 메일은 가급적 하루 안에 답장을 해 주었다. 면담이 필요하면 연구실로 따로 부르기도 했다.

얼마나 시간이 흘렀을까. 갑자기 노크도 없이 문이 살짝 열렸다. 윤우는 모니터에서 시선을 뗐다. 안으로 들어온 것은 동생이었다.

"바빠?"

"아니, 왜?"

"맥주나 한 잔 하자고."

동생의 손에는 맥주 캔 두 개가 들려 있었다.

아직 서류 정리가 끝나지 않았지만, 왠지 이런 제의는 오랜만인 것 같아 예린이가 건네는 맥주 캔을 받았다.

"성진이는 어쩌고?"

"먼저 집에 보냈어. 오늘은 여기서 자고 가려고. 배부르니 집에 가기 귀찮아졌어."

"웬일이야? 마감 때문에 늘 정신없는 거 같더만."

"난 그림 그리는 기계가 아니라고. 돈도 돈이지만 가끔은 쉬어 줘야지."

"너희 새언니한테는 허락 받았어?"

"당연하지. 나 그렇게 눈치 없는 사람 아니거든?"

툭 쏘듯 내뱉은 동생은 간이 의자를 끌어다 윤우의 옆에 앉았다. 왠지 갈수록 슬아를 닮아가는 것 같은 느낌에 윤우는 피식 웃었다.

착하고 얌전했던 예린이의 성격이 급격히 바뀐 것은 슬아 탓이 컸다. 학창 시절 예린이의 우상은 슬아였고, 그녀에게 공부를 배우며 영향을 많이 받았다.

어쩌면 동생은 새언니로 가연이가 아니라 슬아를 생각하고 있었을지도 모른다.

두 사람은 서로 맥주 캔을 부딪치며 건배했다.

"올 때 안주 좀 챙겨오지. 과일 먹은 거 남았을 거 아냐."

"됐어. 살쪄."

"맥주는 살 안찌냐?"

동생은 듣는 둥 마는 둥 맥주를 시원하게 쭉 들이켰다.

하지만 표정은 그리 시원해 보이지 않았다. 윤우에 눈엔 뭔가 고민이 있는 것 같이 보였다.

"할 말 있으면 해 봐. 괜히 혼자서 끙끙대지 말고."

"없어."

"어허, 오빠 눈은 못 속인다."

입맛을 다시던 예린이는 한숨을 푹 내쉬었다. 하지만 끝내 왜 그러는지는 이야기하지 않았다. 윤우는 그런 동생을 보며 빙긋 웃었다.

"시집 갈 생각하니 눈앞이 캄캄하지?"

"헉, 어떻게 알았어?"

어떻게 알긴. 70년을 넘게 살았는데 그 정도는 알아야지.

물론 그렇게 대답을 할 수는 없었다. 자신이 과거로 회귀했다는 것을 아는 자는 그 악마 같은 사내뿐이니까.

"이야. 시간 참 빠르다. 네가 벌써 대학 졸업하고 시집을 가다니. 너도 이제 스물여섯이구나."

"그러게. 오빠랑 언니랑 모두 다 같이 학생회에서 놀던 시절이 엊그제 같은데. 그때 참 재미있었잖아. 그치?"

두 사람은 잠시 침묵했다. 모두 같은 추억을 되짚고 있었다. 이제는 사진으로만 남은, 벌써 아련해진 그 학창 시절을.

"혹시 성진이랑 싸운 건 아니지?"

"아니야. 그냥, 뭐랄까. 뭔가 말로 표현하기가 어려운 그런 복잡한 게 있어."

윤우는 고개를 끄덕였다. 정확히는 뭔지 모르지만, 결혼하기 전 여자들이 으레 겪는 우울증이 있다는 이야기를 들은 적이 있었다. 가연이도 그랬고.

"그건 내 전공이 아니야. 너희 새언니한테 상담 받는 게 좋을 거 같다."

"그래야겠지? 아무래도 오빠 쓸모가 없으니까."

"얘가 돈 좀 만지더니 못 하는 소리가 없네?"

그래도 윤우는 웃었다. 모두가 잘 풀린 미래에서, 이렇게 농담을 따먹을 여유가 있었으니까. 그것은 예린이도 마찬가지였다.

만약 과거가 그대로 반복되었다면 동생은 지금쯤 회사에서 쫓겨나 술집을 전전하고 있었을 것이다. 빚더미에 파묻혀서 말이다.

"그래도…… 오빠가 아니었다면 지금 뭘 하고 있을까 하는 생각이 가끔 들 때가 있어."

"그게 무슨 소리야?"

"그때 그랬잖아. 나 중학교 3학년 때. 오빠가 수학 방학 숙제 도와주면서 미술 해 보라고 나한테 권했잖아. 기억 안 나?"

"아아."

윤우는 어렴풋이 기억이 났다. 아마 교과서 구석에 그려진 토끼 캐릭터 그림을 보고 미술을 시작해 보라고 권했던 그때를 말하는 것 같다.

"기억나지. 공부 가르쳐 달라고 했는데, 실은 방학숙제였다는 거."

"쓸데없는 것까지 기억하고 있네."

"오빠가 좀 똑똑하잖냐."

인정했다. 오빠가 대단한 사람이라는 건 굳이 말하지 않아도 잘 알고 있었다.

"아무튼, 그때 말은 하지 않았어도 고민이 참 많았어. 미술을 하고 싶긴 한데 쉽게 용기가 나지 않았거든. 집안 형편도 썩 좋지 못해서 부모님께 말씀드리기도 미안했고. 그냥 취미로 끝내야겠다고 생각하고 있었지."

잠시 말을 끊은 예린은 맥주 캔을 한번 흔들었다. 동생의 눈빛엔 일말의 후회도 남아있지 않았다. 지금의 선택을 후회하지 않는 것이다.

"그때 오빠가 그랬잖아. 오빠 동생이니 자신감을 가지라고. 한마디뿐인 말이었는데 왜 그렇게 힘이 나던지. 참 신기하단 말야."

"결국은 네가 열심히 노력한 덕이지."

동생은 고개를 가로저었다.

"오빠가 있어서 참 다행이야."

윤우는 깜짝 놀랐다. 설마 새침하게 변한 동생의 입에서 이런 말이 나올 줄이야.

"닭살 돋게 그러지 마라. 체하겠다."

"뭐? 밥맛이네 정말. 간만에 얼굴에 철판 깔고 동생 노릇 좀 하려고 했는데!"

"그러니까 평소에 좀 잘 하라고."

그렇게 한참을 투닥거린 두 남매. 결국 깔깔대며 웃는다. 예린아는 생각했다. 언제까지나 이런 소소한 행복이 계속되었으면 좋겠다고.

'올 것이 왔군.'

지난 번 열린 정기 교수협의회의 후폭풍이, 다음 날 아침 곧장 찾아왔다. 윤우는, 서경석 교수의 부름을 받고 그의 연구실로 향했다.

안으로 들어가 보니 서경석 교수와 이준희 교수가 자리하고 있었다. 이준희 교수는 먼저 혼났는지 표정이 참혹해 보였다.

윤우는 태연히 미소를 지으며 자리에 앉았다.

서경석 교수가 날카로운 눈빛을 보냈다. 상대는 굴복을 원했지만, 윤우는 전혀 그럴 생각이 없었다.

"자네는 숙제를 엉망으로 하고 있더구만?"

서경석 교수가 선공을 날렸다.

윤우는 '숙제'라는 말에 담긴 의미를 잘 알고 있었다. 일전에 다른 신화대 교수들을 식사에 초대했던 그날 윤우가 한 말을 지적한 것이다.

윤우에게 있어 최우선 과제는 신화대 국문과 교수들의 신임을 얻는 일이다.

하지만 그는 분명 지금 누가 봐도 삐딱선을 타고 있었다. 잘 보이는 것도 모자란 판에 대립각을 세우고 있었다.

윤우가 말했다.

"숙제는 잊지 않았습니다. 하지만 그것과는 별개라고 생각합니다. 저는 민 총장님의 퇴진 요구에 대한 제 의견을 말씀드렸을 뿐입니다."

"그래? 그렇군. 자알 들었네. 그럼 내가 눈치도 없는 햇병아리 강의교수를 위해 알기 쉽게 똑똑히 설명을 해 줘야겠군. 우리 국문과는 민 총장과는 적대적이야. 적대적. 모든 것에서 말이네. 알겠나? 그러니까 민 총장을 감싸는 짓은 더 이상 하지 마."

"오해를 하고 계시네요. 저는 민 총장님을 보호하려고 그런 발언을 한 게 아닙니다."

"뭐라고?"

서경석 교수의 미간이 꿈틀댔다.

"그럼 왜 그랬나?"

"학교를 위해서 그랬습니다. 지금 민 총장님이 사퇴하시면 우리 학교의 발전 동력은 그만큼 저하될 것이 분명하니까요."

"하, 발전 동력? 자넨 참 재미있는 친구야. 신화대 출신도 아니면서 학교 생각은 기똥차게 하는군."

"오히려 제 3자이기 때문에 객관적으로 볼 수 있는 겁니다."

"김윤우 선생!"

탕!

서경석 교수가 테이블을 내리치자 분위기가 살벌해졌다. 이준희 교수는 당장에라도 윤우의 입을 틀어막고 밖으로 끌고 나가고 싶었다.

너무 일일이 말대꾸를 하고 있었다. 대답 자체는 정중했지만, 나이를 지긋이 먹은 교수들 중 말대답을 좋아하는 사람은 아무도 없다.

서경석 교수가 목에 핏대를 세웠다. 그리고 윤우와 이준희 교수를 번갈아 바라보며 소리쳤다.

"두 사람 똑똑히 들어. 내가 자네들을 언제까지 데리고 있을 줄 알아? 밥그릇 챙기고 싶으면 똑바로 눈치껏 행동하란 말이야. 알았어?"

"죄송합니다. 선생님."

"……."

"자넨 왜 대답이 없나?"

"죄송합니다. 불쾌하셨다면 사과드립니다."

"겨우 그건가? 됐으니 둘 다 나가보게!"

두 사람은 서경석 교수 연구실에서 쫓겨났다. 이준희 교수는 어깨를 축 늘어뜨리며 건물을 나섰다. 하지만 윤우는 당당히 걸었다.

"이제 어쩌죠? 재계약은 물 건너 간 거겠죠?"

"그럴 리가요. 서경석 선생님은 그런 이유로 재계약을 안 해 줄 정도로 옹졸한 분이 아닙니다."

"저렇게 소리를 버럭버럭 지르는 데도요?"

"그건 어쩔 수 없어요. 학과장님 나름의 사정이 있는 법이니까요."

윤우는 서경석 교수의 입장을 충분히 이해했다. 한 학과의 수장이라면 어쩔 수 없이 정치놀음을 할 수밖에 없다.

어느 쪽을 지지하는가에 따라 학과로 떨어지는 지원 규모의 차이가 크기 때문이다. 그뿐이 아니다. 전임교수 충원에도 큰 영향을 끼친다.

물론 윤우는 그런 비합리적인 행태를 가만히 지켜보고만 있지는 않을 것이다. 철저히 실력으로 모든 것을 개혁

할 계획을 세우고 있었다.

그러려면 어쩔 수 없이 잡음이 들릴 수밖에 없다. 기존 권력층과 부딪혀야 하니까.

"저기요. 진짜 궁금한 게 있는데, 김 선생님은 어떻게 그렇게 당당할 수 있는 거예요? 학과장님이 무섭지도 않아요?"

윤우가 멈춰 섰다. 이준희 교수도 걸음을 멈췄다.

윤우가 그녀를 돌아보며 말했다.

"이 선생님은 재계약이 안 될까봐 무서우신 거죠?"

"아무래도 좀 그렇죠. 밥줄이니까. 20대 청춘을 대학원에 모조리 바쳤는데 백수가 되면 억울하잖아요. 뭐, 김 선생님은 전임계약이 되어 있으니 큰 문제는 없겠네요."

"그거 때문이 아닙니다. 아무튼, 이렇게 된 거 제가 이 바닥에서 버티는 비법을 하나 알려 드리죠."

"뭔데요?"

"간단해요. 대학에서 자를 수 없는 사람이 되면 됩니다."

윤우는 너무나도 쉽게 말했다. 그 내용의 무게에 비해서 말이다.

이준희 교수는 너무 어이가 없어 입을 다물지 못하다가 피식 웃었다.

"와아. 선생님도 농담을 할 줄 아시는 분이었군요. 됐어요. 햇병아리 교수님께 기대한 내 잘못이지."

"농담 아닙니다. 저한테 좋은 계획이 있거든요."

"계획이요?"

윤우는 고개를 끄덕였다. 이준희 교수는 윤우를 유심히 바라보았다. 확실히 그의 두 눈은 진지한 빛을 띠고 있었다.

"한국어문학센터를 만든다고요?"

연구실로 돌아와 윤우에게 설명을 들은 이준희는 깜짝 놀랐다.

그녀의 눈에 윤우는 강의 경력이 전무한, 햇병아리 강의교수일 뿐이었다. 그런데 센터 설립이라니. 전혀 예상하지 못한 계획이었다.

윤우가 설명을 덧붙였다.

"정확히는 우리 대학원에 한국어교육 전공을 신설하는 겁니다. 센터는 전공자들의 실습 무대가 될 거고요. 중요한 수입원이 되겠죠."

윤우는 한류열풍에 주목했다. 가까운 이웃나라인 일본은 향후 한류열풍이 미미해지고, 후쿠시마 원전 사고의 후유증으로 한국어시장 자체가 위축된다.

하지만 중국 및 동남아시아의 상황은 정반대로 흘러간다. 국내 예능프로그램의 현지 진출은 물론, 외국인들의 한국어 강습열이 절정에 달한다. 자연스레 한국으로 유학을 오는 유학생들이 점차 증가한다.

쉽게 말해 그 학생들을 신화대로 끌어 모으는 것이 윤우의 계획인 것이다.

"하지만 학생들을 모으기가 쉬울까요? 이미 한국어교육 분야는 경하대가 꽉 잡고 있는데."

"적극적인 홍보투자가 필요합니다. 해외 현지에 학교 명의로 한국어학당을 설치하는 것은 물론, 교육 낙후지역에 교육봉사단 파견을 병행해야겠지요. 이 부분에 대한 계획은 이미 다 짜 놓았습니다. 걱정하지 마세요."

윤우가 가지고 있는 가장 큰 무기가 발휘되는 순간이었다.

바로 미래에 대한 지식.

윤우는 한국어교육으로 국내 유학시장을 선점하게 될 경하대학교의 시스템을 개량하여 신화대에 적용하기로 결정했다.

"그래요. 그렇다고 치죠. 그런데 어떻게 그런 사업을 추진하려고요? 우린 강의교수에요. 학과 정책엔 관여하기 어렵다고요."

"얘기는 다 끝났습니다."

"예? 학과장님하고요?"

"아뇨. 윗선과."

"윗선이라면…… 설마 이사장님?"

윤우는 고개를 끄덕였다. 이준희 교수는 다시금 놀라며 입을 다물지 못했다.

이미 윤우는 수년 전부터 강태완 이사장과 한국어교육 문제에 대해 심도 있는 대화를 나누고 있었다. 민경원 총장도 적극 협력의 뜻을 비친 바 있다.

그래서 윤우가 정기 교수협의회에서 나선 것이다. 만약 민경원 총장이 퇴진했다면 윤우의 한국어교육 프로젝트는 예정대로 진행될 수 없었을 것이다.

"풍문으로만 들었는데 사실이었군요. 이사장님과 친분이 있다는 게."

"알 사람은 다 아는 사실이죠. 하지만 그걸 내세울 생각은 없습니다. 전 이 바닥에서 실력으로 인정받고 싶거든요."

"선생님이라면야 뭐…… 실력은 확실하잖아요. ISN에 논문도 실으셨고. 어학전공자인 제가 이름을 알고 있을 정도니 말 다했죠."

"아무튼 이번 일만 잘 풀리면 우리 대학이 아시아권으로 교육 사업을 확장할 수 있을 겁니다. 대부분의 대학은 북미나 유럽 쪽 명문대에 의존하는 경향이 있어요. 틈새

시장을 노릴 필요가 있습니다."

이준희는 고개를 끄덕였다. 이제야 윤우의 계획을 모두
이해했다.

"유학생이 우리 학교로 몰리면 막대한 수익을 올릴 수
있겠죠. 그렇게 된다면 우리 과의 힘도 자연스레 커질 거
고. 그걸 주도하는 사람의 비중이 높아진다. 이걸 노리시
는 건가요?"

"예. 그런 의미에서 이준희 선생님의 도움이 절실합니
다. 문학 파트는 어떻게든 제가 해결할 수 있지만, 어학
전공자의 도움도 필요해요. 선생님은 마침 화용론을 전공
하셨고."

"정말요? 기회를 주시는 거예요?"

"제가 이 학교에 왔을 때 저한테 제일 먼저 손을 내밀
어 준 게 바로 선생님이셨습니다. 이젠 제가 답례를 할 차
례예요. 열심히 해 봅시다."

윤우가 악수를 청했다.

환하게 웃은 이준희는 덥석 윤우의 손을 잡았다. 왠지,
흐릿하게 보였던 미래가 조금씩 선명해지는 것만 같았다.

윤우와 이준희는 본격적으로 한국어문학센터 설립 작

업에 착수했다.

기본 계획은 윤우가 전부 가지고 있었기 때문에, 이준희 교수는 윤우에게 앞으로의 계획과 전망을 들었다. 워낙 좋은 플랜이었기 때문에 이준희 교수는 토를 달지 않았다.

"언제 이런 멋진 계획들을 세워 놓은 거예요?"

이준희 교수는 실로 감탄했다. 윤우가 대단한 사람이라는 것은 알았지만, 이 정도일 줄은 몰랐다. 과연 한국대 출신은 다르다는 생각이 들었다.

"계획을 언제 세웠느냐는 중요한 게 아니죠. 언제 그 계획을 현실화시킬 수 있느냐가 중요해요."

"잘나셨습니다. 정말. 그런데 서경석 선생님을 배제하고 이 프로젝트를 진행할 수 있을까요? 전 사실 그게 제일 걱정돼요. 중간에 훼방을 놓을까 봐."

이준희 교수의 말도 일리가 있었다. 대학원에 한국어교육과정이 설치되면 유관(有關) 기관은 당연히 국문과가 된다. 국문과 학과장인 서경석이 숟가락을 올리는 것은 당연지사.

물론 윤우에게 그의 개입을 허락할 생각은 조금도 없었다.

"다행히 서경석 선생님은 고전문학 전공이라는 태생적인 한계가 있어 깊게 개입을 할 수는 없을 겁니다. 다른 선생님들도 제가 센터장 지위를 받으면 끼어들기가 난감해질 거예요. 저와 별로 말을 섞고 싶지는 않을 테니."

"선생님 말처럼 그렇게 쉽게 풀린다면 좋겠는데. 휴우."

"배제할 사람은 배제하고, 따라오려는 사람들은 챙겨 가면 됩니다. 아마 머리가 잘 돌아가는 젊은 교수들은 이번 기회를 놓치지 않을 거예요. 그들을 우리 편으로 만들면 됩니다."

"괜찮겠어요? 그 사람들한테 당한 게 많으신데."

"공은 공이고 사는 사죠. 저 그렇게 옹졸한 사람 아닙니다."

"그래요. 뭐, 일단 저랑 친한 교수님들께 넌지시 이야기는 꺼내 볼게요."

"잘 부탁합니다."

윤우는 적당히 긴장했다. 해 봐야 아는 일이다. 이론과 실제는 늘 다른 법이고, 도중에 어떤 변수가 끼어들지 알 수 없는 일이니까.

윤우는 미소를 지으며 자리에서 일어섰다.

"자, 그럼 이제 가 봅시다."

"네? 어디를요?"

"선생님께서 어느 정도 이해를 하셨으니, 이 프로젝트를 허가해 주실 분을 만나야죠. 총장님하고 약속 잡아 놨습니다."

"예에?"

이준희 교수는 깜짝 놀랐다. 윤우가 그에 대해서는 일언반구(一言半句)도 하지 않았기 때문이다. 전혀 마음에 준비가 되어 있지 않았다.

"진작 얘기해 주면 안 돼요? 나 오늘 옷도 좀 허술하게 입고 왔는데."

"옷이 뭐 중요합니까? 논문 잘 쓰고 강의만 잘 하면 되지."

"그래도요."

민경원 총장은 임용 최종 면접을 볼 때 만났을 뿐, 그 이후로는 이렇게 따로 만나본 적이 없었다. 능수능란하게 수업을 하는 그녀도 떨릴 수밖에 없었다.

물론 그녀에게 선택의 여지는 없었다. 모든 프로젝트의 지휘권은 윤우에게 있었다. 그렇게 두 사람은 연구실에서 나와 총장실로 향했다.

민경원 총장은 소파에 앉아 두 사람을 기다리고 있었다. 조금 수척해진 외모. 아무래도 얼마 전에 있었던 입찰 비리 스캔들 때문에 마음고생을 심하게 한 것 같았다.

"안녕하세요. 총장님."

두 교수는 민 총장에게 정중히 인사했다. 이준희 교수는 너무 긴장했는지 말을 살짝 떨었다.

"어서들 오세요. 기다리고 있었습니다. 앉으세요."

그렇게 세 사람이 소파에 앉아 대화를 시작했다. 민 총장이 길게 한숨을 내쉬었다.

"걱정이 많았지요? 제가 여러분께 부끄러운 모습을 보였습니다. 신중하지 못했어요."

"아닙니다. 사람이라면 누구나 실수를 할 때가 있는 법이죠. 그 실수를 어떻게 만회하느냐가 중요하다고 생각합니다."

"지금에야 웃으며 할 수 있는 말이지만 당분간 회에는 젓가락도 대지 못하겠더군요. 별생각 없이 먹은 게 이렇게 탈을 부를 줄은…… 아무튼, 김 선생께는 이번에 빚을 졌습니다. 교수협의회에서 있었던 이야기는 전해 들었지요. 이 못난 총장을 위해 그렇게나 힘써 주다니, 솔직히 감동했어요."

윤우의 연설은 꽤 큰 이슈가 되었다. 민 총장 라인에 선 교수들이 윤우를 칭찬하고 나선 것이다. 전임교수도 아니고 계약교수가 그런 용기를 발휘할 줄은 아무도 예상하지 못했다.

윤우는 겸손히 고개를 숙였다.

"저 혼자만 한 일은 아닙니다. 여기 이준희 선생님이 도와주지 않았더라면 발언할 기회가 없었겠죠. 사전에 김환 교수님을 설득해 주셨거든요."

"그랬습니까? 이준희 선생. 고맙군요. 쉽지 않은 일이었을 텐데."

"아, 아니에요. 저야 뭐……."

이준희는 입을 가리며 어색하게 웃었다. 그래도 뜻하지 않은 칭찬이라 기분은 좋았다. 덕분에 긴장을 좀 풀 수 있었다.

훈훈하던 분위기가 반전을 맞았다. 민경원 총장이 걱정스러운 표정으로 두 사람에게 물었다.

"으음. 하지만 국문과 내에서 입장이 좀 난처해 진 것 같던데. 괜찮습니까? 서경석 선생에게 꽤 혼났다고 들었는데."

"그 정도는 예상하고 한 일이었습니다. 크게 문제될 건 없지요. 일전에 말씀드린 대로 이번 한국어문학센터 설립 건을 추진하며 젊은 교수들의 여론을 우리 쪽으로 돌릴 생각입니다."

"과연, 신구(新舊)의 대결입니까? 일이 흥미롭게 돌아가는군요. 기대됩니다. 계획을 살짝 들어봐도 될까요?"

그러기 위해 청한 자리였다. 윤우는 자신 있는 어조로 설명을 시작했다.

"우선 센터장은 제가 맡겠습니다."

"그거야 이미 이야기가 끝난 일 아니었습니까?"

"예. 하지만 사소한 문제가 생겼습니다."

"어떤 문제입니까?"

"강의전담교수 직함으로는 센터장 보직을 받기가 어렵습니다. 학칙을 개정하면 가능하긴 합니다만…… 반발이 심할 겁니다. 냉정히 판단해 리스크가 너무 큽니다."

강의전담교수의 권한은 학교마다 조금씩 다르다. 대학원생의 논문을 지도할 수 있는 권한이 있는 곳도 있는 반면, 따로 연구실이 나오지 않는 곳도 있다.

신화대학교는 강의전담교수의 권한이 큰 편이었다. 대개 2인 이상이 한 연구실을 쓰지만, 신화대는 개인 연구실을 지원하는 등 투자를 아끼지 않는다.

그런 의미에서 학칙을 조금 손본다면 센터장 보직을 받는 것은 불가능한 일이 아니다.

"역시 그일 때문이군요."

"그렇습니다. 아무래도 당분간은 교수협의회를 자극해서는 안 됩니다. 총장님께 피해가 갈 겁니다."

민 총장은 윤우가 꺼낸 말의 의도를 이해했다. 입찰비리 스캔들이 터진 지 얼마 되지 않았는데, 무리하게 학칙을 개정할 수는 없다는 것이다.

괜히 미안한 마음에 민 총장이 물었다.

"그렇다면 대안은? 김 선생이라면 분명 생각해 두셨겠지요."

"우선 제 직위를 특임교수로 변경해 주셨으면 합니다.

다."

그래야 프로젝트를 총괄할 때 뒷말이 나오지 않을 겁니

특임교수는 말 그대로 특별한 임무를 부여받은 계약직 교수를 말한다. 강의전담교수는 강의만 할 수 있기 때문에, 그 한계를 극복하려 직위 변경을 얘기한 것이다.

턱을 괴고 잠시 생각에 잠기던 민경원 총장은 고개를 끄덕였다.

"알았습니다. 일단 학기가 좀 남았으니 다음 학기부터 본격적으로 추진하면 되겠군요. 자, 그러면 또 필요한 건 무엇입니까?"

"이번 학기에 동남아 유명 대학의 실무자들을 우리 대학으로 초청해서 교육 협약을 체결해 주세요. 그래야 현지 진출에 도움을 받을 수 있습니다. 리스트는 제가 따로 정리해서 드리도록 하지요."

"옳은 말씀이긴 합니다만…… 현지 진출은 천천히 진행해도 되지 않겠습니까? 조금 이른 감이 드는데. 아직 우린 센터 건물도 없지 않습니까."

이준희 교수도 민 총장의 말에 동의하며 고개를 끄덕였다. 너무 빠른 시간 안에 많은 일들이 진행되고 있는 느낌이었다.

하지만 윤우는 단호히 고개를 가로저었다.

"좋은 이미지는 하루아침에 만들어지는 것이 아닙니

다. 교육은 백년지대계(百年之大計)라는 말도 있죠. 특히 교육 사업은 장기적인 관점에서 바라봐야 합니다. 그래서 최대한 빨리 시작할 필요가 있어요. 이 부분만큼은 총장님께 양보해 드릴 수 없습니다."

"하하하. 아닙니다. 아니에요. 그냥 노파심에 한 말이니 너무 신경 쓰지 마시지요. 알겠습니다. 내일 바로 실무자들 소집해서 의논을 해 보지요."

"그리고 초기엔 현지 어학당에 강사들이 많이 부족할 겁니다. 학부 졸업생들에게 해외 강사 취업 기회를 제공해 주는 것도 좋고, 석박사 졸업생들을 현지에 교수로 파견하는 방안도 생각해 주시죠."

"으음, 확실히 그런 문제가 있겠군요."

국문과는 취업률이 낮은 편이다. 윤우는 졸업예정자들을 교육하여 강사로 일할 수 있는 기회를 주고, 또 국내에서 자리 잡지 못한 석박사 학위 소지자들에게 취업의 문을 열어줄 수 있는 방안을 기획한 것이다.

민경원 총장의 안색이 환해졌다.

"한국어문학센터를 이용하면 강사들을 양성할 수 있겠군요. 취업률도 높일 수 있고. 좋습니다. 이사장님과 협의해서 진행하도록 하지요."

"세부 기획은 저와 이준희 선생이 같이 문서로 작성하여 총장님 메일로 보내 놓았습니다. 검토를 부탁드립니다."

윤우가 설명을 마무리했다. 그 이후로 사담을 몇 마디 나누고 면담을 끝냈다.

두 교수는 총장실을 나와 꽃길을 거닐었다. 한창 벚꽃이 흩날릴 시기였다. 신화대학교는 조경에도 신경을 많이 쓰는 편이라 경치가 좋은 곳이 많았다.

이준희 교수는 흩날리는 꽃잎을 손으로 잡았다. 이제 나이가 서른 줄에 들었지만, 아직 소녀적인 감수성이 남아 있는 모양이었다.

"근데 김 선생님은 어떻게 그렇게 당당한 거예요? 총장님이랑 친구처럼 이야기 하던데. 속으로 이게 사람인가 싶었어요. 혹시 먼 친척인가요?"

"남남입니다. 죄 진 것도 없는데 겁먹을 건 또 뭐 있습니까."

"뭐예요, 지금 저 놀리시는 거예요?"

윤우는 씨익 웃기만 했다. 이준희 교수는 왠지 윤우가 최근 자신을 놀리는 빈도가 늘은 것 같다는 느낌을 받았다.

이상하게도 윤우 앞에 서면 동생이 된 것 같은 느낌이 든다. 그는 나이에 비해 생각이 깊었다. 그리고 그의 처세술을 보고 있으면 감탄이 나올 때가 많다.

단순히 한국대를 졸업한 엘리트이기 때문만은 아닌 것 같았다. 자기도 모르는 뭔가 은밀한 매력이 있는 그런 남자였다. 품절된 게 너무나 아쉬울 정도로.

다시 이준희 교수가 물었다.

"그런데 일이 많아서 힘들지 않아요? 김 선생님은 한국대에서 박사과정도 하고 있고, 또 여기에서는 강의도 하고. 집에는 여우같은 마누라랑 토끼같은 딸도 있잖아요? 프로젝트를 총괄하려면 몸이 세 개여도 모자랄 것 같은데요."

"저도 사람인 이상 피곤할 때가 있죠. 그래도 즐겁습니다. 이 모든 게 제 목표이자 꿈이었거든요. 더 기대되는 건 아직 갈 길이 멀었다는 거예요."

"대단하네요. 아직도 목표가 남은 거예요?"

"물론이죠."

"그게 뭔데요?"

그 질문에 머릿속이 막연해졌다. 목표는 단 하나. 하지만 그 목표를 이루기 위해 해야 할 일이 너무 많았다.

어떤 수학자의 증명이 문득 생각났다. 여백이 좁아 적을 수 없는 바로 그 느낌.

"언젠간 자연스럽게 알게 되실 겁니다."

"그 전까지 제가 이 학교에 붙어 있었으면 좋겠는데요."

이준희 교수의 뼈있는 농담에 윤우는 웃음을 터트렸다.

NEO MODERN FANTASY STORY

뉴 라이프

NEW LIFE

Scene #64 루나 클럽(Lunar Club)

Scene #64 루나 클럽(Lunar Club)

한국어문학센터 설립은 일사천리로 진행되었다.

건물은 따로 건설하지 않고 종합연구동 내에 있는 공간을 쓰는 것으로 결정이 났다. 향후 성장 규모를 체크하여 별도로 건물을 짓는 것을 결정하기로 했다.

이 과정에서 윤우는 두 명의 동료를 얻었다. 이준희 교수의 공이 컸다. 국어학을 전공한 젊은 교수 두 명이 윤우의 프로젝트에 참여하기로 마음을 돌린 것이다.

둘 다 모두 남자였다. 30대 중반이었고, 키가 작은 쪽은 윤정민, 키가 큰 쪽은 윤성순 교수였다.

사실 두 사람은 윤우에 대해 큰 반감을 가지고 있지 않았다. 다만 한국대에 대한 부정적인 인식이 윤우에게 선입견을 갖게 만든 것이다.

그 선입견도 지난 교수협의회에서 윤우가 연설한 것 때문에 많이 희석되었다. 화해를 할까 하는 도중 이준희 교수가 손을 내민 것이다.

"지난 일은 잊어주세요. 김 선생님에 대해 잘 모르고 실례를 저질렀습니다."

"아닙니다. 여러분들과 함께 해서 정말 기쁘네요. 윤정민 선생님, 그리고 윤성순 선생님. 이렇게 도와주셔서 감사합니다."

"잘 부탁드립니다."

"저도요."

서로 악수를 나누는 그 모습에 이준희 교수는 뿌듯함을 느꼈다. 이제야 뭔가 제대로 도움을 주고 있는 것 같은 느낌이 들었던 것이다.

네 사람이 착석했다. 제일 먼저 이준희 교수가 윤우에게 물었다.

"센터장님. 그럼 이제 뭘 해야 하죠?"

"센터장님이라는 호칭은 빼세요. 아직 보직 변경이 된 것도 아닌데요."

그때 윤정민 교수가 나섰다.

"그래도 이미 내정되어 있는 거 아닙니까?"

"편하게 갔으면 좋겠습니다. 젊은 사람들끼리 예의 갖

출 필요 없지 않습니까?"

윤우를 제외한 세 사람이 웃으며 고개를 끄덕였다. 뜻이 통한 것이다. 이어 윤우가 진지하게 말했다.

"가장 먼저 해야 하는 일은 커리큘럼입니다. 다음으로 교재를 개발해야 하고요. 결코 쉬운 일이 아니죠. 저도 그렇지만 여러분들도 이쪽으로는 경험이 많이 없을 테니까요."

이준희 교수가 답했다.

"확실히 좀 문제가 될 것 같네요. 뭔가 벤치마킹을 해야 할 것 같긴 한데."

"좋은 지적입니다. 지금부터 발품을 팔아야죠. 아마 몇 달간은 야근을 불사해야 할 겁니다. 각오들은 되셨습니까?"

"물론입니다."

"그럼 시작해 보죠."

그렇게 네 사람은 열띤 토론을 시작했다.

◆

젊은 피의 힘은 위대했다.

이준희 교수와 프로젝트에 새로 합류한 두 교수는 윤우의 지시에 따라 부지런히 움직였다. 이미 윤우가 큰 틀을 만들어 두었기 때문에 내용을 채우는 것은 어렵지 않았다.

5월이 끝나갈 무렵 신화대학교 한국어문학센터의 전반적인 커리큘럼이 완성되었다. 그리고 정식 교육기관으로 교육부의 인가를 받았는데, 이때 윤보현 장관에게 도움을 받았다.

그래서일까. 모든 계획이 일사천리로 진행되었다. 계곡물이 시원하게 흐르듯 막힘없이 흘러갔다.

1학기가 끝날 무렵엔 윤우와 동료 교수들이 공동으로 개발한 교재가 출간되었다. 김윤우, 이준희, 윤정민, 윤성순 이 네 명이 공동저자로 이름을 올렸다.

출간과 관련된 모든 것은 신화대학교 출판부에서 책임지고 진행했다. 그리고 한 달 후, 여러 교육기관에서 교재로 채택할 만큼 인기를 얻기 시작했다.

윤우의 예상을 벗어나는 대단한 인기였다. 증쇄는 물론 해외에서도 관심을 보이는 상황이었다.

마지막으로 여름방학을 지내는 도중 윤우의 신변에 변화가 생겼다.

이사회의 승인을 따낸 민경원 총장이 윤우를 특임교수로 보직 변경하고, 그에게 한국어문학센터에 관한 모든 권한을 일임한 것이다.

그의 나이 27세. 벌써 교육기관의 수장이 된 것이다.

몇몇 일간지에서는 신화대에서 초고속 승진을 하고 있는 윤우를 조명하기도 했다.

그러다 보니 당연히 잡음이 들려올 수밖에 없었다.

유관 학과인 국어국문학과의 불만이 가장 컸다. 연차가 꽤 된 교수들은 서경석 교수가 센터장을 맡아야 한다고 주장했다.

"총장님, 재고해 주십시오. 이건 말도 안 되는 일입니다. 어떻게 강의교수에게 센터장 보직을 맡길 수 있습니까? 당연히 서경석 선생님께서 맡아야 하는 게 아닙니까?"

"대학원의 한국어교육 전공은 어떻고요! 다른 학교의 예를 보더라도 외국어로서의 한국어교육은 국문과에서 주관하는 것이 옳습니다. 이건 상식에서 벗어나는 정책입니다."

서경석 교수와 서형운 교수가 국문과를 대표하여 나란히 총장실에 들어와 민경원 총장에게 항의했다. 목소리가 밖에서 들릴 정도로 격했다.

하지만 총장은 한가롭게 창밖의 풍경을 감상하고 있었다. 마치 한 귀로 듣고 한 귀로 흘리는 것 같다.

"다들 진정하지. 이런 좋은 날에 나는 자네들과 말다툼을 하고 싶지는 않아."

"총장님!"

서경석 교수는 조금도 양보할 수 없다는 듯 눈을 크게 떴다. 다른 건 몰라도 센터장 자리만큼은 윤우에게 양보할 수가 없었다.

　하지만 칼자루는 민경원 총장이 쥐고 있었다. 겉으로는 유해 보여도 속은 전혀 그렇지 않은 사람이다. 외유내강의 전형적인 인물.

　"참, 말을 많이 하게 하는 친구들이군."

　민경원 총장은 한숨을 내쉬며 고개를 가로저었다. 원하는 답을 얻지 못하면 이들이 물러날 것 같지 않았다.

　민경원 총장은 창가에서 돌아서 두 교수 쪽으로 천천히 걸음을 옮겼다.

　"먼저 서경석 선생의 질문에 답하지. 한국어교육 전공을 국문과에서 독립시킨 것은 그만큼 유연하게 운영을 하려고 했기 때문이야. 국문과 아래로 들어가게 되면 학사 행정이 까다로워지잖나."

　"그럼 도대체 한국어교육 전공의 주임교수는 누굽니까?"

　"윤정민 선생이 하는 걸로 보고 받았네."

　"네? 윤정민 선생이요?"

　의외의 전개였다. 센터장을 윤우가 꿰찼으니, 주임교수도 윤우가 맡을 줄 알았던 것이다. 서경석 교수와 서형운 교수는 서로를 바라보며 입을 닫았다.

사실 그것은 모두 철저히 계산된 일이었다.

윤우는 욕심을 과하게 부리지 않았다. 자신은 센터장을 맡고, 국문과 전임교수 중 자신에게 협력하는 사람에게 주임교수 자리를 준 것이다.

그렇게 된다면 반대파의 여론이 수그러들 것이라고 예상했다. 어쨌든 국문과 교수가 한국어교육 전공에 관여를 하고 있는 셈이니까.

"그리고 김윤우 선생은 어제부로 특임교수로 보직이 바뀌었어. 그 직위에 걸맞게 센터장 자리를 준 것이고. 흐음, 서 선생."

민경원 총장이 근엄히 그를 불렀다. 서경석 교수는 살짝 긴장했다.

"네?"

"묻겠네. 자네는 그걸 인정하지 못하겠다는 건가?"

"인정하고 말고는 제 권한 밖의 일이겠지요. 다만 불만이 있을 따름입니다."

"불만이라……."

"이러실 거라면 김 선생을 처음부터 특임교수로 데려오셨어야지요. 한 학기 만에 보직을 바꾸는 건 너무 눈에 보이는 편애 아닙니까?"

"편애? 오해로군. 한국어교육 프로젝트가 앞당겨져서 그랬을 뿐이야."

민경원 총장이 간단히 일축하자 서형운 교수가 나섰다.

"총장님. 문제는 그뿐이 아닙니다. 김 선생은 경험도 전무한 데다가 나이도 어립니다. 그런 사람이 한 기관의 장을 맡는다는 건 정말 말도 안 되는 일이죠."

"그건 일리 있는 지적이군."

민경원 총장은 책상에 다리를 꼬고 삐딱하게 앉았다. 그 태도엔 여유와 권위가 가득했다. 민경원 총장은 미소를 지으며 두 교수를 바라보았다.

"하지만 자네들은 중요한 걸 놓치고 있어."

"무엇이 말입니까?"

"김 선생이 나이가 어리고 경험도 없다는 말엔 이의가 없네. 그는 올해로 스물일곱, 확실히 젊긴 하지. 하지만 그럼에도 불구하고 김 선생은 여러 면에서 자네들보다 훌륭해."

뭐라고?

두 교수의 일그러진 표정이 그렇게 물었다. 직접적으로 자신들을 비난하는 말과 다를 바가 없었기 때문이다.

"하하하. 인정하지 못하겠다는 표정이군. 그럼 한 가지 묻지. 내가 총장으로 재임하고 있는 동안 자네들이 나에게 뭔가 발전적인 제안을 해본 적이 있던가? 없지 않은가. 하지만 김 선생은 모든 걸 해내고 있어. 자네들이 조용히 골방에 틀어박혀 누군가를 깎아내리느라 정신이 없을 때 말이네."

민 총장의 어조에 진노가 서렸다.

덕분에 두 교수는 꿀 먹은 벙어리가 됐다. 이어 민경원 총장이 쐐기를 박았다.

"이 모든 건 이사회의 결정이야. 이사회에서 정식으로 승인을 얻은 거니 더 이상 이 문제에 대해 왈가왈부하지 마. 우리 학교가 더욱 성장하려면 내부의 분열을 막아야 해. 남을 헐뜯을 시간에 자네들이 나서서 도와주도록 하게."

할 말을 모두 쏟아낸 민 총장은 두 교수를 총장실에서 내보냈다.

그것으로 국문과는 더 이상 윤우의 일에 개입하지 못했다. 총장의 결정이라면 몰라도 이사회의 결정은 사립대에서 절대적인 것이다.

그런데 예상하지 못한 사범대의 반격이 시작됐다. 국어교육과에서 자신들과 상의도 없이 일을 처리하고 있다고 이의를 제기한 것.

하지만 어떤 항의도 민경원 총장의 의지를 무너뜨리지 못했다.

애초에 모든 프로젝트의 기획을 윤우가 추진했기 때문에 그만한 적임자가 없다는 논리를 내세웠다. 이사장인 강태완도 직접 나서 분란을 잠재웠다.

일이 커지는 것을 느낀 국어교육과 교수들은 적당히 맞서다 발을 뺐다. 어차피 햇병아리 교수가 제대로 센터를 이끌 거라고 생각하지 않았던 것.

하지만 그것은 큰 착각이었다.

· 윤우는 이미 아시아의 주요 대학에서 파견된 사절단들과 교류하고 있었다. 몇몇 보수적인 대학을 제외하고, 모두가 윤우의 제안을 받아들여 협약을 체결했다.

윤우는 내년 초부터 센터를 본격적으로 움직일 수 있을 거라고 전망했다. 올해 후반기를 홍보 기간으로 잡고, 국내 학생들을 교육하여 강사로 파견할 계획을 세웠다.

그리고 이 모든 것은 머지않은 미래에 신화대에 세워질 '인문과학융합연구소'의 자양분이 될 것이다. 윤우에게 있어 이 프로젝트는 성공이 아니라 시작일 뿐이었다.

"참 파란만장한 석 달이었네요. 멀미할 틈도 없이 정신 없이 달려온 것 같아요."

이준희 교수가 간단히 소감을 말했다. 멀미할 틈도 없다는 것은 정말 정확한 비유였다. 네 사람 모두 아플 겨를도 없이 달려왔으니까.

윤정민, 윤성순 교수는 일찍 퇴근했다. 센터장실에는 윤우와 이준희 교수 두 사람 뿐이었다.

상석에 앉아 새롭게 개발된 교재를 훑어보던 윤우는 이준희 교수의 말에 미소를 지었다.

"이게 다 이 선생님 덕입니다."

"어? 정말요? 웬일이실까. 선생님이 이렇게 추켜세워 주시는 건 또 처음이네요. 기분 좋은데요?"

"너무 좋아하진 마시고요."

"잠깐, 설마 다른 선생님들한테도 똑같은 얘기한 건 아니겠죠?"

윤우는 어깨를 으쓱해 보였지만, 긍정의 미소만큼은 숨길 수가 없었다. 그것을 읽은 이준희 교수의 표정이 금방 시무룩해졌다.

"설마가 사람 잡는다더니."

"전 대답 안 했습니다. 때론 모르고 지나가는 게 더 좋은 일도 있는 법이죠."

윤우가 일어섰다. 가방을 들고 외출 준비를 했다.

"어디 가려고요?"

"축하해 줄 사람이 있어서요."

"축하?"

이준희 교수는 고개를 갸웃했지만, 그게 누구인지는 끝내 알지 못했다.

윤우의 차가 멈춘 곳은 한국대학교 주차장이었다. 윤

우는 미리 준비한 꽃다발을 들고 인문관을 오르기 시작
했다.

곧 윤우는 누군가의 연구실 앞에 멈춰 섰다. 팻말에는
'영어영문학과 교수 윤슬아'라고 써 있다. 왠지 그녀의
이름을 이렇게 보니 낯설었다.

윤우는 가볍게 노크했다. 안에서 들어오라는 목소리가
들렸고, 윤우는 문을 열었다.

"어?"

책을 정리하고 있던 슬아는 살짝 놀랐다. 윤우에게 오
늘 연구실을 정리할 거라고 말을 하긴 했는데, 이렇게 찾
아올 줄은 몰랐던 것이다.

윤우는 들고 있던 꽃다발을 슬아에게 건넸다. 정장을
걸친 슬아는 누가 봐도 어엿한 교수였다. 성숙한 미모가
눈부셨다.

"축하한다."

"고마워."

꽃이 갑자기 수수해 보였다. 그것보다 슬아의 웃는 모
습이 훨씬 더 예뻤기 때문이다.

슬아는 윤우를 앉히고 냉장고에서 마실 것을 골랐다.
그 사이 윤우는 주변을 두리번거리며 내부를 살폈다.

크기는 다른 교수들이 사용하는 연구실과 비슷했다. 아
담한 내부 공간에 흰색 프레임으로 짜인 책장이 들어서

있다. 책은 많지 않았다. 심플하고 정숙했다.

젊은 여교수의 연구실. 딱 그런 느낌이었다. 이렇게 정리가 잘 되어 있는 모습을 보니 윤우도 자신의 연구실의 인테리어를 바꿔볼까 하는 생각이 들었다.

"대접할 게 마땅찮네. 이거라도 마셔."

"감사."

"그런데 왜 연락도 없이 왔어? 나 없으면 어쩌려고."

"내가 처음 연구실을 받았을 때 그런 느낌이 들더라고. 비밀 아지트가 생긴 느낌? 그래서 첫날엔 늦게 퇴근했어. 너도 비슷할 것 같아서 일단 와 봤지. 우린 은근 비슷한 데가 많잖아."

슬아는 살짝 웃으며 고개를 끄덕였다. 하지만 조금 미안한 마음도 들었다. 윤우에게 처음 연구실이 생겼을 때 찾아가 축하를 해 주지 못했기 때문이다.

윤우가 물었다.

"교수가 된 소감이 어때?"

"소감? 아무렇지도 않은데."

슬아는 태연히 답했다. 하지만 윤우는 그 도도한 표정 너머에 숨은 설렘을 발견할 수 있었다.

물론 겉으로 티를 내진 않았다. 지적하면 슬아가 분명 화를 낼 테니까.

"이번에 센터장 됐다면서? 가연이한테 들었어."

"내년쯤 계획하던 일이었는데 좀 앞당겨어. 무리했지. 그래도 굴러 온 돌이 박힌 돌 빼 내려면 그 방법밖에 없더라고."

"텃세가 생각보다 심한 모양이구나."

윤우는 캔을 따며 고개를 끄덕였다. 고민이 있어 보였다. 그래도 슬아는 걱정하지 않았다. 그는 지금까지 그랬듯이 알아서 잘 해낼 것이다.

"박사 수업은 잘 듣고 있는 거니? 승주한테 듣기론 학교 잘 안 나온다는 것 같던데."

"몇 번 빠졌지. 센터 일 때문에 정신없었어. 소진욱 선생님 수업이 아니었다면 벌써 F 받았을 거다. 논문 두 편 쓰는 걸로 출석 대신했어."

"내년까지 박사학위 딴다면서 가능하겠어? 그렇게나 바쁜데."

"시련이 없으면 성취욕이 그만큼 반감되는 법이야. 걱정 마. 반드시 딸 거니까. 참, 그나저나 내가 부탁한 건 어떻게 되고 있어?"

윤우는 슬아에게 개인적인 부탁을 하나 했다. 차성빈 교수에 대한 소문을 들으면 알려달라는 것.

어려운 부탁은 아니었다. 슬아는 영문과였지만, 인문대 교수끼리는 소문이 빠르게 도는 편이다.

슬아가 고개를 가로저었다.

"특별한 건 없어. 뭔가 연구소를 설립하려고 준비하는 것 같은데, 대외적인 접촉은 안 하는 것 같더라. 마침 영문과에 차성빈 교수님과 친한 사람이 있어서 가끔 물어보고 있어."

"너무 티 나게 물어보지는 마라. 아마 너랑 나 친구 사이인 거 알고 있을 거야."

"걱정하지 마."

그때 슬아의 배에서 살짝 신호가 왔다. 시계를 보니 저녁 7시가 다 되어가고 있었다.

"저녁 전이지? 나가서 저녁 같이 먹을까?"

"아니. 집에 들어가 봐야해. 오랜만에 가연이랑 저녁 먹으려고. 어제 가연이 생일이었는데 야근하느라 일찍 못 들어갔더니 좀 삐친 것 같아. 오늘 아침 굶었다."

"벌써 잡혀 사는구나."

"대한민국의 모든 가장들의 숙명이기도 하지."

문득, 슬아는 상상했다. 만약 윤우와 결혼을 했다면 어떤 생활을 할지를.

아마 그가 너무 좋은 나머지 잔소리 하나 제대로 못하는 아내가 될 것이다. 그에게 목줄이 채워진 한 마리의 순한 양이 될 게 분명하다.

슬아의 입가에 포근한 미소가 걸렸다. 생각만 해도 재미있는 상상이다. 하지만 그것은 오래 가지 못하고 신기

루처럼 흩어져 버렸다.

현실로 돌아온 슬아가 한마디 했다.

"가장 타령 하지 말고 가연이한테 잘 해. 너한테 아까운 사람이야."

"에휴, 이젠 너까지 잔소리를 하냐."

윤우는 슬아가 준 캔음료를 들고 자리에서 일어섰다. 몇 마디 나누지 못해 좀 아쉬웠지만, 슬아는 그를 붙잡지 않았다.

"다녀왔습니다."

늘 그렇듯 가연이가 현관까지 마중을 나왔다. 그런데 표정이 별로 좋아 보이지 않았다. 오늘 아침과 다를 바 없는 저기압 상태다.

"표정이 왜 그래. 아직도 삐쳐있어?"

"아니야."

"뭐가 아니야. 얼굴에 다 써 있는데."

윤우는 가까이 다가가 가연의 볼에 입을 맞추려고 했지만 실패했다. 그녀가 몸을 살짝 빼 피한 것이다.

"씻고 와. 저녁 차릴 테니까."

"그래도 저녁은 주네. 다행이다. 아침도 굶었는데 저녁까지 굶으면 어쩌나 싶었어."

"……."

가연은 홱 돌아서 부엌으로 걸어갔다. 그것을 본 윤우는 웃음을 참지 못했다. 그녀와는 어울리지 않는 모습이었다. 무리하고 있는 게 눈에 빤히 보였다.

애초에 그녀는 윤우에게 화를 내거나 짜증을 내는 사람이 아니다. 착하고, 때로는 순종적이다. 현생은 물론 전생의 기억을 되짚어 보면 그런 결론이 나온다.

즉, 지금 그녀는 마음에도 없는 연기를 하고 있는 게 분명했다.

'그래도 모른 척 하는 게 좋겠지?'

대학생 시절에 학교로 찾아온 가연이가 다짜고짜 할 말 없냐고 캐물었던 그때가 생각났다. 그때처럼 지금도 친구 송연아에게 뭔가 못된 걸 배워 온 모양이다.

어쨌든 잘잘못을 따지면 칠 할 이상은 자신에게 잘못이 있었기 때문에, 윤우는 가연에게 제대로 사과해야겠다고 생각했다.

선물은 이미 준비해 두었다. 아마 마음에 쏙 들 것이다.

윤우는 옷을 편한 것으로 갈아입고 대강 씻은 다음 식탁에 앉았다. 맛있는 냄새가 거실에 가득 찼다.

"오늘 수업은 어땠어? 강의 많은 날이었지 아마?"

"그럭저럭."

"저녁은 먹었어?"

"대충."

"하은이는 잘 놀았어?"

"응."

"뭔가 갈수록 대답이 짧아지는 것 같은 느낌인데."

찬바람이 쌩쌩 불고 있었다.

하지만 윤우는 개의치 않고 자리에서 일어섰다. 가연의 뒤편으로 슬그머니 다가가더니 뒤에서 그녀를 꼭 껴안았다.

"왜 이래?"

국을 뜨려던 가연이 깜짝 놀라 고개를 돌렸다. 능청스럽게 웃는 윤우의 얼굴이 보였다.

"내 여자 내가 껴안겠다는데 뭐 잘못됐어?"

"국 뜨고 있는 중이잖아. 하마터면 데일 뻔했어."

윤우는 순간적으로 가연의 입가를 스치고 지나간 미소를 포착했다. 그녀도 속으로는 좋은 것이다. 윤우는 아내와 볼을 맞댔다.

"그러지 말고 저녁 같이 먹자. 나 일부러 저녁 같이 먹으려고 일찍 들어온 거란 말이야. 응? 응?"

"애처럼 왜 이래. 잠깐, 알았어. 알았으니까 좀 비켜봐."

하지만 윤우는 비키지 않고 그녀가 들고 있던 그릇과

국자를 뺏어 한쪽으로 내려놓았다. 그리고 주머니에서 자그마한 상자를 하나 꺼냈다.

그것을 본 가연의 눈이 동그래졌다. 반지나 귀걸이 따위를 담는 그런 보석 케이스였던 것이다.

"이건 뭐야?"

"뭐긴 뭐야. 진짜 생일 선물이지."

윤우는 케이스를 열고 안에 들어있는 반지를 꺼냈다. 그리고 가연의 손가락에 껴 주었다. 마치 반지가 제 주인을 만난 듯 딱 맞게 들어갔다.

"마음에 들어?"

"응. 정말 예쁘다……."

사파이어의 푸른빛이 매력적인 반지였다. 얇게 세공처리 되어 세련된 느낌이 가득했다. 가연은 한참 동안이나 반지에서 시선을 떼지 못했다.

윤우가 반지를 낀 그녀의 손을 두 손으로 감싸듯 잡으며 말했다.

"어제 많이 서운했지? 미안해. 생일인데 신경 못 써줘서. 변명처럼 들리겠지만 학교 일이 많다보니 어쩔 수가 없었어. 앞으로는 좀 더 노력하도록 할게. 그러니까 화 풀어."

가연은 감격에 찬 눈으로 고개를 가로저었다. 애초에 화 같은 건 나지도 않았다.

윤우가 얼마나 바쁜지는 잘 안다. 야근을 하는 것도 모자라 집에만 오면 밥을 뜨기가 무섭게 서재에서 밤을 새우는 일도 여러 번 있었다.

그래도 화를 낸 척 한 이유는 권태기가 올까봐 두려웠기 때문이다. 사이가 좋기만 하면 금방 질릴 거라고 송연아가 충고를 해 준 것이다.

아무래도 이런 연기는 어울리지 않는 것 같았다. 다행인 건, 조바심을 내지 않아도 윤우와의 관계가 변하지 않을 것이라는 확신이 든 것.

가연은 윤우의 품에 안겼다.

"미안해."

윤우는 그녀의 머리를 쓰다듬었다. 사과하지 않아도 된다는 그런 의미였다.

하지만 좋은 분위기도 잠깐, 윤우의 휴대폰이 착신음을 내기 시작했다. 윤우는 잠시 아내와 떨어져 휴대폰의 액정을 확인했다.

전화를 건 사람은 다름 아닌 배용준 교수였다.

다음 날 저녁, 윤우는 이준희 교수와 학교에서 합류해 근방에 있는 양식 레스토랑으로 같이 이동했다.

두 사람은 신화대의 젊은 교수 모임에 정식으로 초대를 받았다. 과연 어떤 사람들이 모여 있을까. 윤우는 작은 설렘을 가슴에 품었다.

"난 또 배용준 선생님이 우리 초대하는 거 잊어버린 줄 알았지 뭐예요. 초대해 주겠다고 했을 때가 거의 넉 달 전인 거 같은데."

이준희 교수가 불만을 토했다. 그럴 만도 했다. 윤우가 기대하고 있었던 것 이상으로 이준희 교수도 기대를 하고 있었기 때문이다.

윤우는 어제 배용준 교수와 통화를 하며 사정을 들었기 때문에 이준희 교수의 오해를 풀어 주었다.

"배용준 선생님이 학기 중에 해외에 좀 나갔다 오신 모양이에요. 예상하지 못했던 스케줄이었다고 하더군요. 이 선생님께 미안하다는 말 전해달라고 했습니다."

"그래요? 하긴, 우리 같은 국문학도는 외국에 나갈 일도 별로 없긴 하네요."

"배 선생님은 해외에서도 주목하고 있는 학자시니 어쩔 수 없어요. 우리가 이해해 드려야죠."

"아아, 부럽다. 우린 언제 해외에서 주목을 받아보나."

그것은 불가능한 일이었다. 국문학이 해외에서 반향을 일으킨 적은 단 한 번도 없었다.

하지만 지금은 다르다. 윤우는 이미 ISN에 논문을 실어 그 가능성을 확인했다. 그것을 시작으로, 국문학 연구를 세계에 알리는 작업을 착실히 수행해 나갈 것이다.

윤우가 확신에 찬 목소리로 말했다.

"조금만 기다려 봐요. 곧 좋은 날이 올 거니까."

"부디 제가 신화대에서 잘리기 전에 그 좋은 날이 왔으면 좋겠네요."

그렇게 두 사람이 레스토랑에 도착하자, 직원이 예약석으로 그들을 안내했다. 은은한 클래식 음악이 흐르는 무척 조용하고 멋진 곳이었다.

룸 안으로 들어가니 일곱 명의 교수들이 담소를 나누고 있었다. 자리에서 일어선 배용준 교수가 두 팔 벌려 윤우와 이준희 교수를 환영했다.

"아, 오셨군요. 안 그래도 선생님들 이야기를 하고 있었지요. 자자, 다들 주목해 주세요. 이쪽은 국문과의 김윤우 교수님, 그리고 이쪽은 마찬가지로 국문과의 이준희 교수님입니다."

교수들이 박수를 치며 두 사람을 맞았다. 모두가 굉장히 젊어 보였다. '젊은 교수의 모임'이라는 설명이 결코 허언은 아니었던 모양이다.

또 하나 중요한 것은 이준희 교수를 제외하고 모두가 남자라는 사실. 그래서 그런지 자리에 앉은 이준희 교수는 조금 긴장한 기색이었다.

"이쪽은 화학공학과 김필상 교수님, 이쪽은 수학과 정철현 교수님, 그리고 이쪽은⋯⋯."

배용준 교수는 수고스럽게도 멤버를 한 명씩 설명해 주었다. 대부분 공대 교수들이었고, 학부는 한국대 혹은 한국과학기술원 출신이 많았다. 말 그대로 엘리트들이었다.

윤우는 모두의 신상정보를 하나도 빠짐없이 머릿속에 각인시켜 두었다. 이 사람들이 장차 자신의 우군이 될 사람들이니 가볍게 생각해서는 안 될 것이다.

윤우의 바로 옆쪽에 앉아 있던 화학공학과 김필상 교수가 친근히 말을 걸어왔다.

"일전에 교수협의회에서 연설하신 거 정말 감명 깊게 들었습니다. 젊은 나이에 정말 대단하시더군요. 앉아서 듣고만 있자니 많이 부끄러웠습니다. 하하."

"전 우리 대학을 위해 한마디 했을 뿐입니다. 너무 추켜세우지 말아 주세요. 부끄럽습니다."

"추켜세우다 뿐이겠습니까? 모쪼록 우리 모임에서 큰일을 해주셨으면 하고 기대하고 있지요."

그러자 빼빼 마른 남자가 끼어들었다. 배용준 교수의 설명에 의하면, 그는 기계공학과 박후규 교수였다.

"무엇보다도 이렇게 아름다운 숙녀 분께서도 오셨으니 힘이 납니다. 아시다시피 저희 과는 학생들부터 조교까지 모두 남자들뿐이라서……."

"하하하!"

분위기가 한껏 달아올랐다. 이준희 교수는 주목받는 것이 부담스러운지 얼굴을 붉히고 있다. 그래도 이런 분위기가 싫지는 않았다.

그녀는 강의전담교수. 어딜 가도 주목을 받지 못하는 말단일 뿐이었다. 하지만 이 모임에서는 달랐다. 여러 남자 교수들이 호감을 가지고 그녀에게 질문을 던졌다.

이준희 교수에게 던져지는 질문이 끝나기를 기다리고 있던 배용준 교수가 헛기침을 하며 좌중을 주목시켰다.

"우선 두 분께서 정식으로 초대를 받으셨으니, 이 모임에 대한 성격을 설명 드리지 않을 수 없겠군요. 우선 이 모임의 정식 명칭은 '루나 클럽(Lunar Club)' 입니다."

"루나 클럽이라…… 우연인지는 모르겠지만, 왠지 영국의 '루나 소사이어티' 가 떠오르는 명칭이네요."

"과연 김윤우 교수님이군요. 정확히 보셨습니다. 이 모임은 18세기 영국 버밍엄에서 열린 '루나 소사이어티(Lunar Society)' 에서 영감을 얻어 만든 단체입니다."

'루나 소사이어티' 라면 윤우도 잘 알고 있었다. 전생에 과학사(科學史)를 공부할 때 자주 언급되는 단체 이름이었다.

'루나 소사이어티' 는 영국의 생리학자 에라스무스 다

원이 만든 단체로, 당대 최고의 지성인들이 한 달에 한 번씩 모여 과학적 지식에 대한 논의를 나눴다.

명칭에 달이 들어간 것은 보름달이 뜬 날 밤에 집회를 여는 것에서 유래했다. 당시에는 가로등이 정비되어 있지 않은 시기였기 때문에 집으로 돌아가기 위해서는 밝은 달빛에 의존해야 했다.

'루나 소사이어티'의 회원으로는 증기기관을 발명한 제임스 와트, 피뢰침을 고안한 벤자민 프랭클린, 근대화학의 개척자 앙투안 라부아지에, 화학실험의 선구자 조지프 프리스틀리 등 당대를 대표하는 지성들이었다.

배용준 교수가 언급한 '루나 클럽'이라는 명칭 자체에는 이러한 과학사적 맥락이 고스란히 반영되어 있는 것이다.

배용준 교수가 차분히 설명을 계속했다.

"영감을 얻었다는 것은 루나 소사이어티를 흉내 낸다는 것으로 이해하셔도 될 것 같네요. 그래도 다른 점이 하나 있다면 당시 학자들은 여러 가지 과학지식과 기술에 관심이 많았지만, 우리의 관심사는 딱 하나라는 겁니다."

"딱 하나요? 그게 뭐죠?"

이준희 교수가 궁금증을 표했고, 배용준 교수가 미소를 지으며 그녀를 바라보았다.

"우리 대학을 세계 최고의 대학으로 만드는 것. 나아가서는, 대한민국의 학자들이 세계 무대에 우뚝 설 수 있는 기반을 마련하는 것입니다."

분위기가 숙연해졌다. 그만큼 배용준 교수는 의미심장하게 목표를 설명했다.

그때 목소리 하나가 끼어들었다.

"하지만 지금 상황으로는 어려운 일이겠군요."

"예. 잘 보셨습니다."

목소리의 주인공은 윤우였다. 윤우의 지적에 모든 사람들이 진지한 눈으로 윤우를 주목했다.

"교수협의회에 참석하면서 깨달은 바가 있습니다. 신화대는 두 개의 파로 분열되어 있어요. 생산적인 안건은 커녕 목소리를 하나로 모으는 것조차 힘듭니다. 그 분열을 극복하지 못하면 성장에는 한계가 있을 겁니다."

윤우가 이유를 설명하자 교수들이 일제히 동의의 뜻을 표했다.

배용준 교수가 나섰다.

"정확한 지적이십니다. 교수협의회는 이미 기능을 상실했다고 봐도 무방하지요. 그래서 우리는 이 모임을 점차 키워 나갈 계획입니다. 김윤우 선생님과 이준희 선생님을 모신 것도 그 이유에서였죠."

그 말을 들으니 윤우는 이 모임에 인문계열 교수들이

없는 이유를 알 것 같았다.

여기에 모인 교수들은 대개 민경원 총장이 스카웃해 온 사람들이었다. 그러나 인문대 교수들은 대개가 국내파, 즉 반총장 파벌이다.

이번에 윤우와 이준희 교수가 이 모임에 참여하면서 구성원의 불균형이 어느 정도 해소가 된 것이다.

"필요하다면 다른 대학 교수님들까지 초빙할 생각입니다. 루나 클럽을 전국적인 단체로 만드는 것이 일단의 목표겠지요."

"흥미로운 계획이군요. 잘 들었습니다. 그 계획에 일조할 수 있으면 좋겠습니다. 좋은 기회를 주셔서 감사하네요. 그렇죠? 이준희 선생님."

"아, 예. 맞아요. 재주는 많지 않지만 저도 힘닿는 데까지 도와드릴게요."

배용준 교수가 흡족히 웃었다. 그러더니 앞에 놓인 와인 잔을 들어 눈높이에 맞췄다.

"자, 그럼 다들 잔을 드시죠."

모두가 앞에 놓인 와인 잔을 들었다. 건배사는 배용준 교수가 대표로 했다.

"신화대의 미래를 위하여!"

"위하여!"

NEO MODERN FANTASY STORY

뉴 라이프
NEW LIFE

Scene #65 전화위복(轉禍爲福)

NEW LIFE

Scene #65 전화위복(轉禍爲福)

윤우가 '루나 클럽'에 정식으로 가입한 그 다음 주 월요일, 총장실에서 호출이 왔다.

윤우는 한국어문학센터와 관련한 서류를 정리하여 총장실을 방문했다. 그런데 놀랍게도 총장실에는 강태완 이사장이 민경원 총장과 함께 자리하고 있었다.

"이사장님도 계실 줄은 몰랐네요. 오랜만에 뵙습니다."

"아아, 그래요. 불쑥 찾아와서 미안하군요. 일단 앉지요."

윤우는 보고를 잠시 미뤘다. 어째 분위기를 보니 용건이 있는 것은 민경원 총장이 아니라 강태완 이사장 쪽인 것 같았다.

실제로 먼저 입을 연 것은 강태완 이사장이었다.

"오늘 김 선생님을 모신 건 민경원 총장이 아니라 바로 접니다."

"예, 말씀하시죠."

강태완 이사장은 잠시 침묵했다. 뭔가 꺼내기 어려운, 그런 느낌의 표정이었다.

잠시 후, 닫혀 있던 그의 입이 열렸다.

"재단 이사회의 일부 이사들이 우려를 제기하고 있어요. 과연 김윤우 선생님이 한국어문학센터를 잘 이끌 만한 역량을 가진 사람인가 하는……."

"이사요? 누구 말입니까? 지난 이사회에서는 아무런 이야기도 안 나온 것으로 알고 있습니다만."

민경원 총장도 처음 듣는 말인지 강태완 이사장에게 따지듯 물었다.

"전재철, 장윤호 이사라네."

"전재철, 장윤호라면…… 서경석 교수 라인이군요. 이런, 벌써부터 수작질을 하다니."

아무래도 일전에 한 충고를 서경석 교수가 제대로 알아먹지 못한 모양이었다. 민경원 총장은 책상으로 성큼성큼 걸어가 수화기를 들었다.

그때 강태완 이사장이 손을 뻗어 그를 말렸다.

"그만. 민 총장. 섣불리 행동하지는 말게."

"하지만 이사장님. 이미 결정된 사안을 가지고 꼬투리를 잡는 건 용납할 수 없는 일입니다! 이사장님의 체면은 물론 재단의 위신까지 걸린 문제라고요."

윤우는 깜짝 놀랐다. 민경원 총장이 이렇게 목소리를 높인 적은 한 번도 없었기 때문이다.

그만큼 그들의 작태가 민 총장의 심기를 거스르게 한 것이다. 하지만 그들을 쥐어짠다고 상황이 달라질 건 없었다. 그렇게 판단한 윤우가 나섰다.

"아닙니다. 총장님. 이사장님 말씀 그대롭니다. 무척 간단한 문제잖아요. 제 능력에 의심을 품고 있다면, 그 의심을 해소해 주면 되는 거지요."

"김 선생님……."

탁.

민경원 총장은 수화기를 내려놓았다.

"하지만 말처럼 그게 쉽습니까? 의심은 끝이 없는 법입니다. 김 선생님께 믿음을 줘야 선생님도 편히 프로젝트를 추진할 수 있지 않습니까?"

"괜찮습니다. 정말 괜찮아요. 농담이 아니라 제 능력을 그렇게 과소평가 하지 말아주셨으면 좋겠습니다."

윤우의 표정이 진지해졌다. 그가 강경히 나오자 민경원 총장도 더 이상 첨언을 하지 않았다.

이 정도는 충분히 예상한 일이었다. 국문과의 서경석

교수가 이렇게 쉽게 물러날 것이라고는 생각하지 않았으니까.

아직 윤우의 자리는 확고하지 못하다. '루나 클럽'이라는 우호 세력이 있는 반면 자신을 견제하는 세력도 있다. 대표적으로 국문과 교수들이 그렇다.

하지만 위기가 곧 기회라는 말이 있다.

윤우는 이번 기회를 잘 살려 자신의 이름을 널리 알리기로 마음먹었다. 그의 총명한 머리가 빠르게 회전했고, 그럴듯한 시나리오가 머릿속에 그려지기 시작했다.

'아직 시간적인 여유가 좀 필요한 계획이지만, 조금 앞당겨야겠어.'

곧이어 윤우가 물었다.

"이사님들이 그냥 불만을 표하지는 않으셨을 것 같은데요. 그분들의 요구는 무엇입니까?"

"으음, 곧 센터 홍보 기간에 들어가지요?"

"그렇습니다."

"이번 한국어문학센터 홍보 건으로 김 선생님의 역량을 평가하겠다고 하더군요. 일단 전 그러라고 대답했습니다. 김 선생님을 믿고 있으니까요."

굳은 신뢰가 담긴 말이었다. 윤우는 미소를 지으며 고개를 끄덕였다.

"기대하십시오. 반드시 좋은 성과를 보여드리도록 하

겠습니다. 대신, 이사장님과 총장님께서 허가해 주셔야
하는 일이 하나 있습니다."

"말씀해 보시죠."

◈

센터장실로 돌아온 윤우는 생각에 뼈대를 세우고 살을
점점 붙여 나갔다. 그러다보니 노을이 질 정도로 시간이
흘러 버렸다.

가연에게 전화가 왔다. 저녁을 먹고 들어올 거냐는 질
문에 윤우는 들어가서 같이 먹자고 대답했다. 그렇게 슬
슬 퇴근 준비를 했다.

하지만, 손님이 찾아와 발목을 붙들고 말았다.

"총장님께 보고는 잘 드리고 왔나요?"

강의를 끝낸 이준희 교수가 오후 늦게 센터장실을 찾아
온 것이다. 요즘은 개인 연구실보다 이곳 센터장실에 모
이는 경우가 훨씬 더 많았다.

자주 오는 사람은 이준희 교수만이 아니다. 윤정민 교
수와 윤성순 교수도 이곳에 자주 들러 윤우와 의견을 교
환했다.

"안 그래도 잘 오셨어요. 총장님께 보고를 드리러 갔다
가 뜻밖의 소식을 들었습니다."

윤우는 손에 든 가방을 내려놓고 자리에 앉았다. 아직 시간은 넉넉하니 대화를 나눌 정도의 여유는 있었다.

"뜻밖의 소식요? 혹시 안 좋은 건가요?"

"안 좋을 수도 있고, 어찌 보면 좋을 수도 있겠네요."

알쏭달쏭한 윤우의 말에 이준희 교수는 눈매를 좁혔다. 어서 진실을 이야기하라는 그런 눈빛이었다.

"한마디로 요약하자면, 제가 센터장을 맡는 걸 못마땅하게 생각하는 이사님들이 계신 모양입니다. 아까 이사장님이 오셔서 그런 말씀을 하시더군요."

"뭐예요, 벌써 다 끝난 이야기를 왜 이제 와서 들춘대요?"

"윗분들의 깊은 속뜻을 제가 어찌 알겠습니까. 아무튼, 이번에 센터 홍보 건으로 제 역량을 평가한다고 하더군요."

"예산은 쥐꼬리만큼 줘놓고선 생색내기는……."

지금 윤우가 처한 가장 큰 문제가 바로 예산이었다. 한국어문학센터에 배정된 예산 자체가 크지 않다보니 마케팅에 쏟아부울 만한 여력이 없었다.

신설된 기관이고, 내부적으로 시끄러웠던 것만큼 예산이 많이 배정되지 못했던 것. 이것은 아무리 민경원 총장이라도 도와줄 수가 없는 문제였다.

분위기가 우울해지자 이준희 선생이 애써 활짝 웃었다.

그녀는 제법 재능 있는 분위기메이커였다.

"그래도 우리 김 선생님은 천하무적이니까! 방법이 있으시겠죠?"

"방법이야 있긴 한데 잘 될지는 미지수죠. 부딪혀 볼 수밖에는."

"오오. 왠지 뭔가 있는 듯한 눈치인데? 살짝 얘기해 봐요. 뭔데요?"

아직은 말할 단계가 아니었다. 확정된 것은 아무 것도 없으니까.

하지만 이준희 교수는 매우 비중 있는 조력자다. 그녀와 어느 정도는 정보를 공유할 필요가 있었다.

말이 길어질 것 같아 윤우는 이준희 교수의 맞은편으로 자리를 옮겼다.

"혹시 오픈코스웨어(Open Course Ware, OCW) 라고 들어 보셨습니까?"

"알죠. 2002년 무렵 MIT에서 구현한 시스템 말하는 거죠? 학습콘텐츠나 관련 정보를 무료로 공개하는 거요."

"정확히 알고 계시네요. 맞습니다."

"그런데 그거랑 센터 홍보랑 뭔 상관인데요?"

"가능할지는 모르겠는데, 해외 대학에 우리의 학습 콘텐츠를 무상으로 볼 수 있는 페이지를 만들려고 생각 중입니다. 일종의 해외 대학용 오픈코스웨어죠."

가만히 생각에 잠기던 이준희 교수가 손가락을 딱 튕겼다.

"그거 좋은데요? 다른 대학에서도 일부 서비스를 하고 있는 걸로 아는데. 구체적으로 어떤 건데요?"

"교육 체험용으로 오픈을 할 생각입니다. 데모 영상을 올려놓고, 이후의 수강을 우리 센터에서 하도록 유도하는 거죠. 협력 대학에 수강권을 배포하는 방안도 생각해 볼 만 하고요."

이후로도 윤우는 디테일하게 앞으로의 계획을 설명했다. 이 자리에서 즉석으로 나온 것이 아니라는 생각이 들 정도로 완벽히 짜인 계획이었다.

이준희 교수는 손뼉을 치지 않을 수 없었다.

"마음에 들어요! 당장 그렇게 추진해 보죠. 분명 다른 선생님들도 좋아하실 거예요."

윤우는 쓸쓸히 웃더니 고개를 가로저었다.

"하지만 문제가 좀 있어요."

"문제요?"

"온라인 강의 시스템을 구현하려면 돈이 좀 많이 듭니다. 게다가 우리가 지금 보유하고 있는 온라인 콘텐츠도 없고. 폰카로 동영상을 찍어서 올릴 수는 없는 거잖아요."

"아, 그런 문제가 있네요. 죄송해요. 제가 괜히 흥분을 했네요."

"괜찮습니다. 그 문제는 차차 해결해 보려고요."

"어떻게요?"

"그건 확정이 되면 다시 말씀을 드리겠습니다."

윤우는 가방을 들고 일어섰다. 어쩔 수 없이 이준희 교수도 센터장실을 따라 나서야 했다.

"진짜 안 알려줄 거예요? 전 선생님 편인데도?"

"확정되면 알려드린다고 했잖아요."

함께 종합 연구동을 나가는 내내 이준희 교수가 알려달라고 졸랐지만 윤우는 입을 열지 않았다.

강남에 위치한 고급 바.

윤우가 홀로 자리를 잡고 칵테일을 마시고 있었다. 잘 빠진 여인들이 윤우를 흘끗 바라보며 서로 귓속말을 한다.

어떤 용기 있는 여자가 윤우의 곁으로 다가오려 했다. 그런데 누군가가 그 여자보다 한 발자국 빨리 옆자리를 꿰찼다.

"많이 기다렸어?"

"아뇨. 저도 방금 왔습니다. 잘 지내셨죠? 결혼식 이후로 처음 뵙는 것 같네요."

"그러게 말이다. 시간 참 빠르다."

윤우는 자리에서 일어서 그와 악수를 나눴다.

그 사내는 명성학원의 이재환 원장이었다. 어느덧 이 사람과의 인연도 10년째다. 그래서 그런지 흰 머리가 오늘따라 유독 많아 보이는 것 같다.

이재환 원장은 바텐더를 불러 진토닉 한 잔을 시켰다. 이곳은 이재환 원장이 자주 오는 바였다. 바텐더에게 팁을 주며 윙크를 할 정도로 여유가 있다.

"애기는 잘 크고 있고?"

"말도 마세요. 잠버릇이 나빠서 새벽에 얼마나 깨우는지. 가연이도 그렇고 저도 요즘 잠을 별로 못 자요."

"어째 좀 피곤해 보이더라. 뭐, 다들 그렇게 사는 거지. 그나저나 너 요즘 잘 나가더라? 신문에서 봤다. 신화대에서 주목하고 있는 젊은 교수라면서 아주 큼지막하게 실렸더군."

"아는 기자님이 쓰신 기사예요. 부끄러워서 얼굴도 못들고 다니겠어요."

"부끄럽긴. 자랑할 만한 일이지. 내 제자가 이렇게 잘 커줬는데 말이야."

"원장님이야 말로 요즘 승승장구 하고 계시잖아요. 이

제 명성학원을 모르는 학생들이 없던데요."

"다들 열심히 해준 덕이지 뭐. 물론 거기엔 너도 포함이다."

오늘따라 어울리지 않게 겸손했다. 오랜만이어서 그럴지도 모른다. 나이가 드니 그 활기찼던 모습이 살짝 꺾인 것 같기도 했다.

중년 특유의 무게감이 엿보였다. 오히려 윤우는 긍정적인 변화라고 생각했다.

이제는 무게감이 좀 필요할 때다. 명성학원의 작년 시장점유율이 35퍼센트를 넘겼다. 우후죽순처럼 생긴 온라인강의 시장의 추세를 보았을 때 굉장히 큰 규모였다.

"다들 잘 지내세요? 정 팀장님은 퇴사하셨다고 들었고, 차슬기 과장님이 팀장 자리 이어 받으셨다고 들었어요."

"잘들 해 주고 있다. 이젠 특별히 내가 나서지 않아도 될 일들밖에 없어. 그런데 무슨 일이냐? 바쁜 녀석이 그냥 불렀을 리는 없고."

"사업 얘기 좀 하려고요."

"뭐? 너 회사에서는 손 뗐잖아."

"그랬었죠."

바텐더가 진토닉을 이재환 원장 앞에 내려놓았다. 두

사람은 잔을 살짝 부딪쳤다. 이재환 원장은 그게 무슨 소리냐는 듯 윤우에게서 시선을 떼지 못했다.

"그랬었죠라. 과거형이군. 설마 다시 회사로 복귀한 건가?"

"아뇨, 그거 말고. 엄밀히 말하면 사업이긴 한데…… 대학에서 하는 사업이에요."

"대학? 이야, 흥미진진한데? 확실히 센터장이라 그런지 대학에서 추진하는 사업에 손도 대는구나. 역시 자리가 사람을 만든다는 말이 맞는 말이라니까."

이재환 원장의 너스레에 윤우는 피식 웃음을 터트렸다. 하지만 아직 본론은 꺼내지도 않았다. 윤우는 천천히 설명을 시작했다.

"정리하자면, 해외 학생들을 위한 온라인 강의 시스템을 준비 중인데 아무래도 그쪽은 선생님이 잘 알고 계시니까 뵙자고 한 겁니다."

"흐음, 신화대도 인터넷 강의 시스템을 도입하려는 건가."

"인터넷 강의 시스템은 자체적으로 어느 정도 구현이 되어 있어요. 다만 제가 하려는 건 저희 센터 안에서만 돌아가야 해서 좀 특별한 게 필요하죠."

윤우는 칵테일을 깨끗하게 비웠다. 그리고 시선을 이재환 원장에게 맞추며 말했다.

"그래서 말인데, 저희 센터에 투자해 보지 않으시겠어요?"

◈

찰칵— 찰칵찰칵—

많은 기자들이 신화대학교의 리셉션실에 몰려들었다. 오늘은 신화대학교 한국어문학센터와 명성학원의 업무협약식이 열리는 날이었다.

명성학원의 참가자는 두 명이었다. 대표인 이재환과 인터넷사업팀 차슬기 팀장이었다. 신화대 측에서는 총장인 민경원과 윤우가 나왔다.

이재환 원장이 나서 이번 업무협약에 관한 사항을 기자들에게 설명했다. 몇몇 기자들이 질문을 던졌고, 그 와중에 윤우와 민경원 총장이 귓속말을 나누었다.

"취재 열기가 아주 뜨겁군요."

민경원 총장은 만족스럽게 웃었다. 사실 이것은 모두 윤우와 이재환 원장의 합작품이었다.

두 사람은 언론계에 인맥이 많았다. 윤우는 재단 이사들에게 강하게 어필하기 위해 동원할 수 있는 인맥을 모조리 끌어 모았다. 당연히 이재환 원장도 도와주었다.

윤우가 설명했다.

"아무래도 이재환 대표님께서 이쪽 계통으로는 유명하시니까요. 입시학원이 대학에 투자하는 것도 흔히 볼 수 없는 일이고, 아마 큰 이슈가 되었을 겁니다."

"암요. 저도 이렇게 투자를 받을 줄은 꿈에도 몰랐습니다. 액수도 만만치 않던데. 김 선생. 역시 대단해요."

민 총장은 마음 같아서는 엄지를 추켜세우고 싶었다.

정확한 투자 액수는 공개되지 않았다. 약 50억여 원이 움직인 것으로 예측됐다. 이재환 대표 입장에서 큰돈은 아니었지만, 윤우에게는 그 이상의 도움이 되었다.

윤우와 이재환 대표는 신화대학교 한국어문학센터의 오픈코스웨어(OCW)를 공동 개발하기로 합의했다.

이로써 신화대학교 한국어문학센터는 양질의 한국어 관련 강의를 해외 학생들에게 제공할 수 있게 되었다.

물론 명성학원이 얻어가는 이익도 많았다. 이재환 대표는 신화대학교 측으로부터 양질의 교양강의를 제공받아 자사 홈페이지에 무료로 서비스할 수 있는 권한을 획득했다.

이는 신화대학교라는 브랜드를 학생들에게 널리 알리는 것은 물론, 입시교육 외의 질 좋은 교양 콘텐츠를 확보했다는 점에서 양 당사자 간에 모두 이익이 되는 일이었다.

"김윤우 센터장님께서도 한 말씀 해 주시죠!"

젊은 기자가 자신을 부르자 윤우가 마이크를 넘겨받았

다. 그리고 준비된 멘트를 꺼냈다.

"이번 협약은 단순히 투자의 의미에서 그치는 것이 아닙니다. 우리 신화대학교에서는 앞으로도 오픈코스웨어를 확장할 것이고, 원하는 사람이라면 누구나 우리 대학에서 강의를 들을 수 있는 그런 환경을 구축할 겁니다. 그 사업의 시작이라고 보시면 되겠습니다."

오픈코스웨어는 윤우가 장기적으로 계획하고 있던 프로젝트 중 하나였다.

윤우는 대한민국에서 대학이 차지하는 비중이 지나치게 많다는 생각을 하고 있었다. 대학을 나오지 않으면 여러 차별을 받게 되는 것이 현실이니까.

그로 인한 경제적인 낭비도 심하다. 한 사람이 대학을 졸업하는 데까지 드는 비용이 수천만 원에서 많게는 억 단위에 이르다 보니 사회적인 문제로까지 확대되는 것.

가난한 젊은이들은 학비를 벌기 위해 학업보다 아르바이트에 힘을 쏟고, 학자금대출을 이용한 학생들은 졸업 후 빚을 상환하기 위해 일을 해야 한다.

하지만 지금은 저성장시대. 청년들에게 그림자가 드리워진 암울한 시대다.

일자리를 구하지 못하는 젊은이들이 늘어나고, 그만큼 대출금을 갚지 못해 신용불량자가 되는 청년의 수도 증가하는 추세다.

악순환이 반복되고 있는 것이다.

그 원인 중 하나가 바로 대학이다. 공부를 하기 위해 대학에 가는 것이 아니라 취업을 하기 위해 대학에 가는 기형적인 문화가 만들어 낸 현상인 것이다.

윤우는 이렇게 생각했다. 정부가 정책적으로 제도 개선에 나서야 하는 부분이 있다면 대학도 분명 사회적인 책임을 져야하는 부분이 있다고.

그래서 윤우는 대학에 가지 않더라도 무상으로 대학 수준의 교육을 받을 수 있는 환경에 관심을 가졌다. 그중 하나가 바로 오픈코스웨어였던 것이다.

당장 성공하기는 어렵겠지만, 대학에 입학하지 않아도 높은 수준의 교육을 받을 수 있는 환경이 구축되면 자연스럽게 대학의 거품이 빠질 것이다.

공부를 더 하고 싶은 사람만 대학에 가고, 기술을 배우고 싶은 사람은 기술학교에 갈 것이다.

그렇게 된다면 대학이 본연의 기능을 다할 수 있을 것이다. 지금처럼 국문과 학생에게 논문이 아니라 토익 점수로 졸업 자격을 부여하는 촌극도 사라질 것이고.

결국 윤우가 추진한 이번 협약은 위기에서 탈출하는 열쇠임과 동시에 그의 미래를 담은 계획의 첫 단추인 셈이었다.

인터뷰를 마친 윤우는 관계자들과 총장실에서 환담을 나눴다. 협약에 대한 구체적인 사항이 오가기보다는 친교적인 성격이 강한 자리였다.

민경원 총장이 가장 나이가 많기도 했고, 이 자리에서 직급이 제일 높았기 때문에 그가 대화를 주도했다.

"이번 협약으로 우리 신화대는 보다 높은 곳으로 도약할 수 있을 겁니다. 이재환 원장님. 대학을 대표해 진심으로 감사의 말씀을 드립니다."

"아닙니다. 오히려 투자 제안을 긍정적으로 검토해 주셔서 저희가 감사할 따름이지요."

"별말씀을."

"하하하. 여기 차슬기 팀장도 그렇지만 저도 개인적으로 김윤우 교수가 추진하고 있는 프로젝트에 기대를 많이 하고 있습니다. 황금알을 낳는 거위라고 해야 할까요. 김윤우 교수는 그런 사람입니다."

그렇게 말한 이재환 원장이 윤우를 바라보았다. 윤우는 미소를 지으며 고개를 끄덕였다.

느낌이 좋았다. 이번 협약은 반드시 성공할 것이다. 윤우도 그렇고 이재환 원장도 그렇게 생각했다. 지금까지 수많은 성공을 이뤄 낸 두 사람이었으니까.

그때 민경원 총장이 뭔가 생각났다는 듯 말했다.

"맞아. 듣자하니 이 원장님은 김 선생님의 은사이시기도 하다고 하던데, 궁금하군요. 김 선생님의 학창 시절이. 어떤 학생이었습니까?"

"그 질문이 왜 안 나오나 싶었습니다. 뭐, 아주 훌륭한 학생이었죠. 말만 그런 게 아니라 정말 훌륭한 학생이었습니다. 저희 학원 1호 장학생이기도 했고요. 공부 외적으로도 도움을 많이 받았지요."

"역시. 김 선생님은 어려서부터 남다르셨나 봅니다."

뜻하지 않게 자신의 이야기가 나오자 윤우는 난처한 기색을 보였다. 하지만 그 덕분에 총장실 내부의 분위기는 더욱 화목해졌다.

오찬까지 함께한 후에야 협약식 관련 일정이 모두 끝났다. 이재환 원장과 차슬기 팀장은 윤우와 악수를 나누고 명성학원으로 돌아갔다.

윤우도 민 총장에게 인사를 하며 일정을 마무리했다.

"고생 많으셨습니다. 총장님."

"오늘은 정말 하루가 빨리 지나간 것 같군요. 일이 잘 풀려서 다행입니다. 실은, 오늘 아침까지 살짝 불안하긴 했어요."

협약이라는 게 늘 그렇다. 막판에 엎어지는 경우가 굉장히 많다. 이번 협약은 윤우의 교수 생명과 관련이 있는 것이었기에 민 총장은 신경을 많이 썼다.

"이 정도라면 이사님들도 더 이상 이의를 제기하지 못할 겁니다."

"그렇겠지요. 그들이 원하는 것 이상으로 일이 매듭지어졌으니. 그나저나 김 선생님은 아무렇지도 않은 표정이군요. 전혀 긴장을 안 한 사람 같습니다."

"전 늘 긍정적으로 생각하는 편이라서요."

"하하하. 제가 한방 먹었군요. 자, 그럼 이만 들어가 쉬세요. 조만간 다시 연락을 하겠습니다."

총장실을 나와 윤우가 발걸음을 옮긴 곳은 센터장실이었다. 협약식은 끝났지만 할 일이 남았다. 내용을 정리하고 다음 계획을 실행해야 했다.

문을 열고 안으로 들어가니, 한 여자와 두 남자의 모습이 보였다.

"다들 여기 모여 있었군요."

먼저 자리를 잡고 있던 사람들은 이준희, 윤정민, 윤성순 교수였다.

분위기가 좋아 보였다. 세 사람 모두 손에 잔을 들고 있었는데 안에는 검붉은 액체가 담겨 있었다.

"와인인가요?"

테이블을 보니 얼마 전 이준희 교수가 선물로 받았다고 자랑한 와인 병이 열려 있었다.

어깨를 활짝 편 이준희 교수가 물었다.

"인터뷰는 잘 하셨어요?"

"예, 뭐 늘 하던 대로."

윤우는 테이블로 걸어갔다. 윤정민 교수가 윤우에게 공손히 빈 잔을 건넸다.

"그런데 웬 와인입니까? 누구 생일이었나요?"

"아뇨. 오늘은 기념할 만한 날이잖아요. 생일 따위와는 비교할 수 없을 정도로! 협약을 체결했으니까 다 같이 축배를 들어야죠."

"김 선생님. 정말 고생 많으셨습니다."

"이제 우리 센터가 비상하는 일만 남았네요. 센터장님의 노고가 컸습니다."

모두가 한마디씩 소감을 밝혔다. 이준희 교수가 와인병을 들었고, 윤우는 흐뭇하게 웃으며 술을 받았다. 그리고 동료들과 잔을 부딪쳤다.

비상하는 일만 남았다는 윤성순 교수의 말은 현실이 되었다.

윤우가 키를 잡은 한국어문학센터는 순항을 이어갔다. 명성학원과의 공조도 견고해서 오픈코스웨어 개발에 가

속이 붙었다. 내년 초에 서비스를 시작할 수 있을 것으로 전망했다.

해외 파견을 위한 한국어강사 모집도 순조로웠다. 취업을 하지 못하거나 한국어 교육에 뜻이 있는 국문과 졸업생과 관련 전공자가 대거 몰려 40명 정원을 꽉 채웠다.

그리고 찾아온 12월. 겨울의 초입.

한국대학교에서는 대학원 박사과정의 마지막 수업이 열리고 있었다. 마지막 강의라 윤우는 시간을 내어 소진욱 교수 수업에 참가했다.

"자, 이후의 리포트는 개별 평가를 받는 것으로 하지. 네 명이 다 모일 필요는 없으니까. 그런데 윤우 군은 어떻게 할 생각인가? 수업을 거의 듣지 못했으니, 새로운 소논문으로 평가를 받겠나?"

"아뇨. 전 이걸로 하겠습니다."

윤우가 가방에서 인쇄물을 꺼냈다. 꽤 두툼했는데 얼핏 봐도 100페이지가 넘는 것 같았다.

표제를 본 소진욱 교수의 얼굴에 흥미가 돌았다.

"박사학위청구논문이라……."

"이걸로 평가를 받겠습니다. 초고라 부족한 부분이 많습니다만, 겸사겸사 선생님 지도도 받으면 좋겠네요."

"초고라고 해도 벌써 완성하다니, 너무 빠른 것 아닌가?"

그것은 윤우가 쓴 박사논문의 초고였다. 틈틈이 시간을 쪼개고, 또 자는 시간을 줄여가며 완성한 원고였다. 가연의 투정도 세 스푼 정도는 들어가 있는.

소진욱 교수는 윤우의 어깨를 다독였다. 그 또한 잘 안다. 박사논문이 나오기 위해서 얼마의 노력이 필요한가를.

"센터 일 때문에 바쁠 텐데 고생 많았어. 한번 검토하고 연락을 주도록 하지. 그때 시간 내서 또 오도록 해라."

"알겠습니다."

윤우는 학생들과 함께 세미나실을 나섰다. 함께 수업을 듣는 승주는 벌써 박사논문 초고가 나왔다며 질투와 경악을 윤우에게 토해내고 있었다.

계단으로 나온 두 사람. 승주는 계단을 내려갔지만, 윤우는 잠시 멈춰 섰다.

"어디 가려고?"

"슬아 연구실에 좀 들르게. 먼저 가라."

윤우는 내년 봄에 영국 런던에서 열리는 ISN 총회에 참석하기로 결정했다. 이에 관해 슬아에게 조언을 들을까 해서 찾아가는 것이었다.

아무래도 슬아는 해외 학회에 대한 경험이 많고, 또 그녀도 ISN 정회원이기도 했으니 도움이 될 것이다.

똑똑.

"들어오세요."

마침 슬아는 연구실에 있었다. 윤우는 문을 열고 들어 갔는데, 슬아의 모습을 보고는 흠칫 놀랐다.

"뭐, 뭐야. 머리 잘랐어?"

윤우는 말 그대로 깜짝 놀랐다. 슬아의 긴 생머리는 온 데간데없고, 짧은 단발이 보였기 때문이다. 슬아는 아직 어색한지 머리를 만지작거리고 있다.

"그냥. 기분 전환으로."

"기분 전환이라도 그렇지. 못해도 두 뼘은 자른 것 같 은데? 뭐야, 무슨 심경의 변화가 있었던 거냐?"

슬아는 씨익 웃고 말았다. 차마 학생들이 우습게 보는 것 같아 나이 들어 보이려고 단발로 잘랐다는 말은 할 수 가 없었다. 부끄러웠다.

대신 슬아는 책상에서 일어서 윤우의 맞은편 테이블에 앉았다.

"쓸데없는 이야기는 거기까지 하고 용건이나 말해. 나 바쁘니까."

"바쁘면 다음에 올게. 급한 일은 아니라서."

"잠깐이라면 괜찮아."

"다른 건 아니고, 내년 봄에 ISN에 참석을 하려고 하는 데 뭔가 도움이 될 만한 이야기를 들을 수 있나 해서. 너 거기 회원이잖아."

"ISN에? 내년 봄이라면 런던에서 열릴 텐데. 거기까지 가려고?"

윤우는 고개를 끄덕였다. 이에 관해서는 가연에게도 허락을 받은 상태였다. 그녀도 오늘 부로 한국대를 졸업하게 됐으니 큰 문제는 없었다.

슬아가 묘한 미소를 지었다.

"이거 우연인지는 모르겠는데 나도 이번에 런던 가기로 했어. 발표자로 참석하거든."

"뭐? 너도?"

슬아는 고개를 끄덕였다. 윤우가 두 눈만 깜빡이고 있자, ISN에서 날아온 팸플릿을 꺼내 보여 주었다. 확실히 발표 순서에 슬아의 이름이 들어가 있었다.

슬아가 말했다.

"일정은 일주일 정도로 생각하고 있어. 학교에는 학회 참석으로 휴강한다고 통보해 놨고. 비행기 표 같이 끊을까? 따로 움직이는 것보다는 같이 움직이는 게 더 나을 테니까."

"이렇게 일이 쉽게 풀릴지는 몰랐네."

윤우는 영어 회화가 슬아만큼 자연스럽지 못했다. 동행한다면 정말 많은 부분에서 도움을 받을 수 있을 것이다.

팔짱을 낀 슬아가 엄숙히 말했다.

"하지만 그 전에 일단 가서 가연이한테 허락 받아. 나랑 같이 움직여도 되는지."

"가연이한테? 왜?"

"너 유부남이잖아. 말도 없이 같이 다니다가 괜한 오해 사고 싶지 않거든. 가연이가 언짢게 생각할 수도 있잖아."

슬아의 어조는 단호했다. 분명 그녀의 말엔 일리가 있었다. 슬아가 한때 자신을 마음에 품고 있었다는 것을 가연이도 잘 알고 있으니까.

윤우는 그러겠다고 했다. 아내가 질투심에 휩싸여 허락하지 않을 사람은 아니지만, 그래도 얘기 정도는 해 두는 게 서로 좋을 것이다.

"여행 일정 짠 거 메일로 보내줄게. 집에 가서 확인해 봐."

"알았어."

그렇게 윤우는 슬아의 연구실에서 나왔다.

집으로 바로 돌아와 가연에게 학교에서 있었던 일을 설명했다. 예상대로 가연은 별 내색 없이 얼마든지 다녀오라고 얘기했다.

"오늘 저녁은 뭐야?"

"제육볶음."

"좋지. 옷 갈아입고 올게. 같이 먹자."

윤우가 일어서려는 그때, 가연이가 그의 손을 붙잡았다.

"응? 왜?"

"좀 상의할 문제가 있는데……."

가연이가 이렇게 진지한 얼굴을 하는 건 정말 드물었기에, 윤우는 조금 걱정스러운 얼굴로 그녀와 마주 앉았다. 하지만 가연은 곧 미소를 되찾았다.

"나, 둘째 가진 것 같아."

윤우는 서재에 앉아 조용히 상념에 잠겼다.

아내의 임신 소식은 정말 기쁜 소식이었다. 무엇보다도, 아이의 출산일이 과거와 동일하게 반복되고 있다는 사실에서 희망을 얻었다.

'혹시, 이번에도 딸이 아닐까?'

둘째 시은이의 얼굴이 눈앞에 아른거렸다. 활발한 큰애와는 다르게 얌전하면서도 새침한 아이였다.

윤우는 문득 그 악마 같은 사내를 만나고 싶다는 생각을 했다. 학창시절에는 그와 마주치는 것이 두렵고 싫었었다. 하지만 지금은 다르다. 물어보고 싶은 말이 너무도 많았다.

'신화대에 자리를 잡았을 때 한번쯤은 나타날 거라고 생각했는데. 한국대 교수가 애초의 목표였으니까.'

하지만 그 악마 같은 사내는 모습을 드러내지 않았다. 마치 애초에 존재하지 않았던 것처럼 그림자조차 보이지 않았다.

윤우의 입가의 미소가 걸렸다. 나이가 먹으면서 여유가 생기는 걸까. 이번에 그와 만나면 삼겹살을 구우며 소주라도 한잔 걸치고 싶어졌다.

"뭐해?"

가연이가 서재 안으로 들어왔다. 베개를 품에 안고 있었는데, 눈 밑에 졸음이 한 가득 걸려 있다.

"잠깐 생각하고 있었어."

"무슨 생각?"

"둘째한테 이름을 뭐라고 지어줄지."

가연이가 미소를 지었다. 때때로 보여주는 윤우의 그런 가정적인 모습이 너무나 좋았다.

"뭐라고 지었는데?"

"시은. 김시은."

"예쁜 이름이다. 여자애 이름인 거 같은데?"

"왠지 이번에도 딸일 것 같아서."

가연은 웃으며 고개를 끄덕였다. 그리고 두 손을 모아 자신의 배를 어루만지며 말했다.

"그런데 뭔가 낯설지 않은 이름인 것 같아. 어디선가 많이 불러 본 그런 이름 같아."

많이 불러 본 이름.

그 대목에서 윤우는 가슴이 짠해짐을 느꼈다.

윤우는 말없이 아내의 어깨를 끌어안았다. 그녀에게 해주고 싶은 말이 너무 많았다. 하지만 아직은 때가 아니었다. 지금은 그저 이 행복을 지켜나가는 것만이 중요했다.

NEO MODERN FANTASY STORY

뉴 라이프
NEW LIFE

Scene #66 영국 런던으로

"누가 좋을 것 같아요?"

"그거야 센터장님께서 결정하실 문제죠. 제가 끼어들 일은 아닌 것 같은데요?"

무심한 이준희 교수의 말에 윤우는 턱을 괴고 생각에 잠겼다. 확실히 그녀의 말이 옳다. 이건 센터장의 일이 었다.

그의 책상에는 이력서 두 개가 놓여 있었다.

한국어문학센터 강의조교를 새로 채용하기로 결정이 됐다. 공고를 내고 1차 서류평가와 2차 면접을 보고 마음에 드는 사람을 뽑으니 두 사람이 남았다.

한 사람은 남자, 그리고 다른 사람은 여자였다. 둘 다 모두 신화대 국문과 출신이었다. 스펙은 물론 능력까지 모두 비슷해 선택이 어려웠다.

"좋은 생각이 났어요."

회심의 미소를 지은 윤우가 자리에서 일어섰다. 이준희 교수는 그제야 흥미를 보였다. 윤우의 아이디어는 늘 훌륭했으니까.

이준희 교수는 윤우가 무엇을 하나 살펴보려고 가까이 다가왔다. 그러다 표정을 굳혔다. 윤우는 다름 아닌 '사다리타기'를 준비하고 있었다.

"잠깐만요. 설마 사다리타기로 뽑으시려는 건 아니죠? 아니라고 말씀해 주세요. 당장."

"때론 운을 시험할 필요도 있는 법입니다."

"뭐라고요? 정말이지 김 선생님 답지 않은 말씀이네요. 설마 시험 채점할 때도 그러시는 건 아니죠?"

"당연히 그건 아니죠."

하지만 윤우의 이런 모습도 나쁘지 않았다. 뭔가 사람 냄새가 난다고 해야 할까. 이준희 교수는 훈훈한 미소를 지으며 윤우를 지켜보았다.

잠시 후 사다리타기가 끝이 났다.

"자, 결국 이 친구가 됐습니다."

윤우는 선택된 이력서를 이준희 교수에게 건넸다. 김준호. 26세. 신화대학교 국문과 졸업 예정인 남자 학생이었다. 대학원 입학을 준비하고 있다고 한다.

시원시원하게 생긴 청년이었다. 이준희 교수는 만족스러운 미소를 지었다.

"잘 됐네요. 대학원에 들어올 친구면 여러모로 쓸모가 있겠어요. 윤정민 선생님이 계시긴 하지만 우리는 아직 대학원 쪽은 잘 모르잖아요."

"정확히 보셨습니다."

"흐음, 그런데 좀 의외랄까."

"의외요?"

"전 선생님이 여학생 뽑으실 줄 알았거든요. 얼굴 보니 예쁘장하게 생겼던데. 남자들은 다 그렇지 않나요?"

"그럴 리가요. 같이 일하는 건 오히려 남자들이랑 해야 편합니다. 아무래도 여자가 밑에 있으면 언행이 조심스러워지니까요."

"어머, 그럼 전 무척 불편하시겠네요."

"다르죠. 선생님은 제 밑에 있는 사람이 아니잖아요. 동료지."

그때 노크가 들리더니 국문과 김예진 조교가 안으로 들어왔다. 이번에 조교가 채용될 때까지 국문과 조교들이 센터 일을 돕고 있었다.

김예진 조교의 손엔 신문이 한아름 들려 있었다.

"이준희 선생님. 말씀하신 신문 다 모아 왔어요."

"그래. 고생 많았어. 다음에 점심 사줄 테니 한번 와. 왜 거기 있지? 정문에 새로 생긴 레스토랑 말야. 꽤 비싸 보이던 곳."

"진짜요?"

"그럼. 진짜지. 물론 계산은 저기 계신 센터장님께서 하실 거야."

역시 이준희 교수의 너스레는 일품이다. 윤우는 어이없 다는 미소를 지었다.

이준희 교수는 흥얼거리며 김예진 조교가 놓고 간 신문 을 하나씩 들춰보기 시작했다. 왠지 신나 보여 윤우가 그 쪽에 관심을 기울였다.

"그런데 웬 신문들이에요?"

"아아, 별건 아니고. 얼마 전에 선생님 인터뷰한 거 신 문에 났다고 해서요. 여러 신문사에서 취재를 해 갔잖아 요? 스크랩 해두려고 예진이한테 부탁해 놨었죠."

"그런 쓸데없는 일로 조교들 시간 뺏지 마세요. 가뜩이 나 국문과 조교들한테 일시키는 거 서경석 선생님이 안 좋게 보고 계시는데."

"쓸데없는 일이라뇨? 센터장님의 위업을 기리는 것도 엄연히 센터의 일이랍니다."

정말 할 말 없게 만드는 여자다.

"그나저나 이것 좀 와서 봐요. 선생님 사진 잘 나왔네요."

이준희 교수가 지목한 것은 명인일보에 실린 인터뷰였다. 잘 나올 수밖에 없었다. 명인일보와 윤우와의 관계는 대단히 긴밀했으니까.

윤우는 이준희 교수에게 신문을 받아 기사를 읽기 시작했다. 작년 말부터 지금까지 달려온 일들이 주마등처럼 스쳐지나가기 시작한다.

'생각보다 일이 잘 풀리고 있어.'

명성학원과 공동으로 개발한 오픈코스웨어는 국내는 물론 해외 대학에서도 호평을 받았다. 그 때문에 수많은 유학생들이 신화대학교 일반대학원 한국어교육 전공에 몰렸다.

이렇게 성과를 내자 윤우의 능력을 의심하던 사람들은 입을 꾹 다물었다. 재단 이사회에서도 윤우의 추진력을 칭찬하는 사람들이 늘었다.

신화대학교 국문과도 반사이익을 얻었다. 국문과로 진학하고자 하는 해외 유학생의 문의가 끊이질 않았던 것이다. 감당이 되지 않아 국문과 조교를 한 명 더 충원했을 정도다.

그러다보니 한국어 교육의 주도권을 쥐고 있던 경하대에 비상이 걸렸다.

신화대에 외국 유학생들이 몰리는 것에 비해 경하대 쪽에서는 지원자가 점점 감소하는 추세를 보인 것이다.

아무튼 윤우의 프로젝트는 학교의 위신을 바로세운 것을 넘어 국위선양으로 이어졌다. 윤우의 프로젝트가 교육계의 한류열풍을 몰고 온 것이다.

그것은 이번 신문에 실린 기사의 카피를 보더라도 한눈에 알 수 있었다.

신화대학교 한국어문학센터, 베트남 하노이 종합대와 교육협약 체결!

동남아시아에 불어온 한국어 열풍. 그 중심에 우뚝 선 신화대학교.

신화대 김윤우 특임교수, 올해의 젊은 교수상 후보에 올라.

마지막 기사에 이준희 교수가 호들갑을 떨었다.

"와아! 이것 좀 봐요. 선생님이 젊은 교수상 후보에도 오르셨네요. 축하드려요. 상 받으시면 크게 쏘셔야 하는 거 아시죠?"

"아까 그걸로 퉁 치죠. 정문에 생긴 그 레스토랑 건으로."

"안 돼요. 그건 그거고 이건 이거라구요."

"나 참, 어차피 상관없어요. 전 못 받을 겁니다. 그렇게 큰 상을 어떻게 제가 받아요? 이제 경력 1년 차인데."

"그래도 요즘 언론사에서 쏟아내는 기사를 보면 김 선

170 **NEW LIFE** 7

생님이 받을 수도 있을 것 같아요. 한국어교육 열풍의 주역이니까. 여자의 육감이란 때론 무서운 법이라고요."

'올해의 젊은 교수상'은 대한민국 학술원에서 매년 촉망받는 신진교수에게 수상하는 상이다. 심사는 학술원 회원들이 만장일치로 결정한다.

전생이든 현생이든 윤우로서는 꿈도 못 꿀 만큼 큰 상이었기 때문에 아예 마음에 두지 않았다.

"육감도 육감 나름이죠. 그나저나 기사가 생각보다 많이 나왔네요. 거의 열 개는 나온 것 같은데."

"선생님만 모르시는 건데, 우리 이 바닥에서는 꽤 유명인사가 됐다고요."

"그래요?"

칭찬일색인 기사를 눈으로 훑는 윤우의 입가에 미소가 걸렸다.

'기분이 나쁘진 않군. 이대로만 계속 가 줬으면 좋겠는데.'

각종 미디어에서 윤우에 대한 기사를 내보내기 시작했다. 심지어는 EBS에서 관련 다큐멘터리 제작 협조 의뢰가 들어오기도 했다.

하지만 윤우는 다큐멘터리 출연을 거절했다. 지금은 공명심을 키우는 것보다 내실을 다질 때라고 판단했기 때문이다.

'그런 기회는 앞으로도 얼마든지 있어. 지금은 차분히 기반을 다져나갈 때다.'

물론 그에게 있어 가장 기쁜 소식은 둘째가 생긴 소식이었다. 윤우는 직장보다 가정을 더 우선시했다. 전생에는 그러지 못했기 때문이다.

책상으로 돌아온 윤우는 액자를 손에 쥐었다.

그것은 가족사진이었다. 사랑스러운 아내와 첫째 하은이가 자신을 바라보며 미소를 짓고 있었다.

이제 몇 달 후면 이 사진에 구성원이 한 명 더 추가될 것이다.

과연 어떤 아이가 태어날까.

윤우는 잠시 책상에 앉아 행복한 상상을 펼쳤다.

◈

윤우는 크리스마스이브를 가연이와 함께 보내지 못했다. 대한민국 학술원에서 주최하는 만찬 행사에 정식으로 초청을 받았기 때문이다.

표면으로는 올해의 젊은 교수상 후보로 초청된 것이지만 윤우는 수상자로 선정되지 않았다는 것을 직감했다. 수상자로 선정됐다면 미리 언질이 있었을 것이다.

단정히 정장을 걸치고 행사장에 입장한 윤우. 주변을

둘러보니 먼저 도착한 사람들이 일어서서 다과를 즐기고 있었다.

그때 누군가 가까이 다가왔다.

"아이구, 반가워요. 김윤우 교수지요? 요즘 신문에 자주 실리던데. 이거 반갑습니다."

"안녕하세요."

머리가 반쯤 벗겨진 중년이 붙임성 있게 말을 걸어와 윤우는 그와 악수를 나눴다.

윤우는 힐끗 눈을 돌려 그의 가슴에 달려 있는 명찰을 확인했다. '경하대학교 한국어교육센터 조명철'이라는 글씨가 적혀 있다. 많이 들어 본 이름이었다.

경하대학교 한국어교육센터는 윤우의 한국어문학센터와 라이벌 관계였다. 이미 경하대학교가 시장을 주도하고 있는데, 거기에 윤우가 끼어든 것이다.

최근에는 신화대학교, 정확히는 윤우 때문에 판도가 많이 바뀌어 경하대학교의 지배력이 많이 약해져 있었다.

"조명철 교수님이셨군요. 저서는 잘 읽고 있습니다. 이렇게 실제로 뵙게 되니 반가운데요?"

"하하하. 고마운 말씀입니다. 그나저나 요즘 김 교수님이 이래저래 바쁘게 움직이시는 통에 우리 학교엔 파리만 날리고 있네요."

"파리라뇨. 당치 않습니다. 아직 우리 센터가 경하대를 따라가려면 멀었지요."

"그래도 저번에 명성학원에서 투자를 유치하지 않으셨습니까? 대단합니다. 깜짝 놀랐어요."

"그래도 돈으로 할 수 없는 것들도 많습니다. 인적 인프라는 선생님이 계신 센터에 비하면 아직 멀었지요."

"그거야 시간이 해결해 줄 문제가 아니겠습니까. 아무튼 저희도 긴장을 하고 있어야겠군요."

윤우는 조명철 교수와 악수를 하고 헤어졌다. 왠지 앞으로 그와 자주 보게 될 것 같은 예감이 들었다.

'말은 저렇게 해도 속은 많이 쓰렸겠지. 우리 센터가 예상보다 잘 나가고 있으니…… 그런데 슬아는 아직인가?'

슬아도 이번 만찬에 초대를 받았다. 나중에 알게 된 일인데 그녀도 올해의 젊은 교수상 후보에 올라 있었다.

윤우는 일단 차를 한잔 들고 자리를 잡았다. 그러다가 드디어 아는 얼굴이 나타났다.

"일찍 왔네."

"나야 늘 그렇잖아."

"하긴."

싱겁게 웃은 슬아가 윤우의 옆자리에 앉았다. 수수하게 화장을 했어도, 장내의 모든 사람들의 이목을 끌 정도로 아름다웠다.

슬아가 물었다.

"기분이 어때? 젊은 교수상 후보에 오른 기분이."

"애초에 별 관심 없었어. 못 받을 걸 알았으니까."

"뚜껑은 열어봐야 아는 거 아닐까?"

"아니. 확실해. 특별한 언급이 없더라고. 아마 다른 사람이 받게 될 거야."

윤우의 말은 정확했다. 올해의 젊은 교수상 시상식이 거행되자 호명된 것은 윤우의 이름이 아니었다. 한국대학교 소속의 교수가 수상의 영예를 안았다.

'조금 허탈한 마음이 드네. 나도 모르는 사이 좀 기대하고 있었던 건가?'

하지만 분명 다음 기회도 있을 것이다. 윤우는 잡념을 털어버리고 슬아와 함께 만찬을 즐겼다.

메인 요리는 스테이크였고, 나가서 뷔페를 즐길 수 있게 되어 있었다. 슬아는 가연이의 근황을 물었고, 윤우는 별일 없다고 답했다.

그때 윤우가 뭔가를 떠올리고는 질문했다.

"근데 내년에 영국 가는 거 말인데. 에딘버러는 왜 일정에 넣은 거야?"

"설마 영국까지 갔는데 그냥 학회에만 참석하고 올 생각인 거니? 생각보다 고지식하네."

슬아는 스테이크를 썰며 대답했다. 나이프를 움직이는 손길이 무심해 보였지만, 슬아는 영국행에 기대를 많이 하고 있었다. 뜻밖에도 윤우와 함께하게 됐으니까.

"당연히 그래야 하는 거 아닌가? 학회에 집중을 해야지. 다른 데 둘러볼 시간도 없을 거 같은데."

"국제적인 학회는 우리나라처럼 그렇게 일정이 타이트하지 않아. 다른 나라에서 오는 사람들도 많으니까. 아무튼 학회 간 김에 영국 문화도 공부한다는 셈 쳐. 좋은 기회야. 너 둘째 생기면 이제 외국도 마음 편히 못 다닐 걸?"

"경험자처럼 말하네."

"학회 경험이야 충분히 했지."

"아니, 뒤에 거. 둘째 생기면 외국 편히 못 다닌다는 말."

윤우의 농담에 슬아는 미간을 좁혔다.

결혼은커녕 당분간은 연애를 할 생각도 없었다. 슬아는 포크로 고기 조각을 신경질적으로 입에 넣었다. 오늘따라 고기가 무척 질겼다.

2011년 3월.

생명이 새롭게 태동하는 계절이 왔다. 사방에 봄꽃이 활짝 피어 세상을 온통 총천연색으로 물들였다.

봄꽃이 활짝 핀 것은 한국어문학센터도 마찬가지였다. 윤우와 그의 동료 교수들이 뿌린 씨앗이 조금씩 싹을 내더니 화려하게 개화한 것이다.

"이거 생각보다 긴장되네요."

무대 뒤에 대기하고 있던 윤우가 한숨을 내쉬었다. 이마에 흐르는 땀을 닦고 넥타이를 고쳐 맸다. 옆에는 이준희 교수가 있었다.

"당연히 긴장하셔야죠. 우리 프로젝트가 본격적으로 시작되는 자리인데. 그래도 힘내세요. 김 선생님은 잘 하실 수 있으니까. 파이팅!"

"고마워요."

이준희 교수의 응원에 힘을 얻은 윤우는 즉시 단상으로 나갔다. 강당 안에는 한국어교육과정을 수료한 학생들이 줄지어 앉아 있었다.

윤우는 마이크를 쥐었다.

하고 싶은 말은 많았지만, 최대한 신중히 할 말을 머릿속에서 골라냈다.

"안녕하십니까. 한국어문학센터장 김윤우입니다."

윤우는 잠시 옆으로 나와 서서 허리 굽혀 인사를 했다. 박수 소리가 강당을 가득 채웠다. 윤우는 미소로 화답하며 다시 마이크를 잡았다.

"여러분들이 이 자리에 앉아 계신 것을 보니 가슴이 벅

차오릅니다. 그동안 고생 많으셨습니다. 여러분들은 한국어교육과정을 마치셨지만, 오히려 전 이제부터가 시작이라고 생각합니다. 여러분들은 이제 동남아시아 곳곳으로 파견되어 우리의 고유한 문화를 세계인들에게 전파하게 될 겁니다."

윤우는 잠시 말을 끊었다. 그리고 좌중을 쭉 둘러보았다. 다들 기대 섞인 눈빛으로 자신을 바라보고 있다.

내일이면 한국어문학센터에서 자체적으로 양성한 한국어강사들이 동남아시아 각국으로 파견된다. 학사 출신 50명, 그리고 석박사 10명 등으로 구성된 대규모 파견단이었다.

하지만 실상을 보면 파견 인원이 많이 부족했다. 공급이 수요를 따라가지 못하고 있는 상황이었다.

동남아시아 곳곳에 '신화학당'이 설치되었다. 이곳에서 현지인들은 한국어와 한국문화에 대해 학습하고, 우수한 학생들은 신화대학교에서 연수를 받을 수 있는 기회가 주어진다.

물론 강사들도 특혜를 받는다. 학사 출신 강사들은 취업 걱정에서 해방될 수 있었고, 석박사 출신 강사들은 그곳에 교수로 채용되어 경력을 쌓을 기회를 얻게 됐다.

윤우의 프로젝트는 말 그대로 호혜적인 프로젝트인 것이다.

윤우가 한창 연설을 하는 사이, 무대 뒤쪽에서 작은 잡담이 들려왔다.

"역시 센터장님 다운 연설이네요."

"어라? 윤 선생님. 언제 오셨어요?"

"지금요."

윤정민 교수가 무대 뒤에서 이준희 교수와 함께 윤우의 연설을 경청했다. 두 사람의 표정이 뿌듯함으로 가득하다. 마치 자식을 학교에 처음 보내는 듯한 그런 표정.

"센터장님이 안 계셨더라면…… 이라는 생각을 가끔 하곤 합니다. 만약 그랬다면 우리가 여기까지 오지 못했겠지요? 아니, 아예 시작도 못했으려나."

"그렇겠죠. 아무나 추진할 수 있는 계획은 아니었으니까요. 뭐랄까, 김 선생님껜 특별한 무언가가 있어요. 우리가 가지지 못한."

그렇게 말을 매듭지은 이준희 교수는 흐뭇하게 웃었다. 보면 볼수록 윤우는 매력이 넘치는 사람이었다. 최고의 직업 파트너이기도 했다.

그렇게 윤우의 연설은 10분간 이어졌다. 형식을 따지기 보다는 진심이 묻어나는 말들. 따로 대본을 준비하지 않았음에도 심금을 울리는 그런 연설이었다.

"마지막으로 당부 드립니다. 여러분들이 어디를 가든 한 가지 사실만은 잊지 말아주셨으면 좋겠습니다. 여러분이 자랑스러운 한국인이라는 사실을. 이상입니다. 경청해 주셔서 감사합니다."

연설이 끝나자 박수가 쏟아졌다. 무대 뒤에서 윤우를 바라보고 있던 두 교수도 감동에 찬 얼굴로 박수를 쳤다.

사회자에게 마이크를 넘기고 윤우가 무대 뒤로 내려왔다. 이준희 교수와 윤정민 교수가 가까이 다가갔다.

"잘하시면서 왜 엄살을 떠신 거예요?"

"말하다 보니 긴장이 좀 풀렸어요. 뭐, 이 선생님이 응원해 주신 덕분이겠죠."

"섭섭하군요, 센터장님. 저도 응원하고 있었습니다."

윤정민 교수가 끼어들자 윤우는 고개를 끄덕였다. 하지만 그에 질세라 이준희 교수가 나선다.

"제 응원이 좀 효과가 좋긴 하죠. 참, 영국 나갈 준비 다 하셨어요? 내일 선생님도 출국한다고 들었어요."

"예, 어제 자기 전에 대강 끝냈어요. 비행기 타고 이렇게 멀리 나가보는 건 처음인데 좀 걱정도 되지만 잘 되겠죠."

"ISN 학회였죠? 소문으로는 미모의 여교수와 함께 가신다던데."

"오, 그게 정말입니까?"

"한국대에 계신 모 교수님과 가신다고 들은 것 같아요.

영문과의…… 누구였더라?"

"이야. 유부남이신데 여교수님과 단둘이 해외 출장이라니. 보기보다 남자십니다? 하하하."

가만히 두면 루머가 더욱 커질 것 같았다. 윤우는 두 사람을 말렸다.

"그만들 하세요. 누가 들으면 바람 피는 줄 알겠네요."

"선생님은 소문난 공처가니 소문나도 큰 문제는 없겠죠."

"동의합니다."

윤우는 피식 웃고 말았다.

그렇게 시간이 흐르고, 윤우와 슬아가 영국으로 떠나는 아침이 밝았다.

영국항공(BA) 소속 비행기가 고도를 높였다. 이 비행기는 인천―런던 직항으로 영국 히드로공항에 안착할 예정이다.

윤우와 슬아는 비즈니스석에 앉았다. 슬아는 오렌지주스를 마시며 창밖을 바라보고 있었고, 윤우는 집에서 챙겨 온 책을 읽었다.

창밖의 풍경이 질렸는지 슬아가 슬쩍 윤우 쪽으로 고개

를 돌렸다. 한참을 그렇게 바라보고 있었지만, 윤우는 책에서 시선을 떼지 않았다.

한 번 집중하면 주변을 신경 쓰지 않는 모습이 지극히 윤우다웠다. 결국 슬아가 윤우에게 말을 걸었다.

"가연이가 별말 안했어?"

"아니. 아무 말도 안 했는데? 그냥 조심히 잘 다녀오라는 말이 끝이었어. 아, 장모님 드릴 홍차 하나 사오라는 말도 있었지."

가연의 어머니는 밀크티를 좋아한다. 영국은 홍차 문화로 유명하니 관련 티 용품을 잔뜩 사갈 계획이었다.

"걱정하지 마. 가연이는 그렇게 속 좁은 사람 아니니까. 단지 학회에 같이 다녀오는 것일 뿐이잖아."

"그렇긴 하지."

사실 가연은 윤우의 일정표를 보며 에딘버러가 경유지에 껴 있었다는 사실을 발견했다. 그리고 그것이 학회와 크게 관계가 없다는 것도 알았다.

하지만 가연은 남편을 의심하지 않았다. 그리고 그만큼 슬아를 믿었다. 두 사람 사이에서는 아무런 일도 일어나지 않을 것이다. 그렇게 생각했다.

"사실 그런 의미는 아니었는데."

"그럼 뭐였는데?"

"아니, 아무것도. 참, 히드로공항은 유색인종 차별로

유명해. 영국 자체가 그런 나라긴 하지만…… 아무튼 입국 심사할 때 학회 초대장 잘 챙겨. 괜히 발 묶이지 말고. 열두 시간동안 비행기 안에 있어야 해. 조금이라도 빨리 호텔에서 쉬는 게 좋을 거야."

"걱정 마."

슬아는 적당히 말을 돌려 위기를 모면했다. 물론, 윤우는 슬아가 무슨 의도로 그런 말을 했는지 다 알고 있었다. 다만 모른 체할 뿐.

윤우는 다시 책에 집중했다. 슬아는 턱을 괴고 그런 그의 옆모습을 바라보았다.

그렇게 수 시간 후, 두 사람은 무사히 런던 히드로공항에 도착했다. 슬아의 지시대로 하니 별 탈 없이 입국심사를 마치고 공항을 나설 수 있었다.

숙소는 런던 시내에 있는 브라운 호텔이었다. 택시에서 내리니 150년 역사를 자랑하는, 깔끔한 백색톤의 외관이 멋스러운 호텔 건물이 보였다.

"와, 근사한 곳이네."

윤우는 탄성을 지르며 주변을 두리번거렸다. 마치 관광객처럼. 슬아는 한숨을 내쉬며 윤우의 팔을 쿡 찔렀다.

"쪽팔리게 두리번거리지 말고 어서 들어오기나 해."

"이번 여행을 영국의 문화를 공부할 기회로 삼으라고 한 건 너잖아. 난 지금 진지하게 영국 건축문화에 대해 공부하고 있는 중이라고."

"말은 잘 해요. 아무튼 나 피곤하니까."

"알았다."

사진이라도 한 장 남기고 싶었지만, 슬아의 채근을 이기지 못하고 윤우는 호텔 안으로 들어섰다.

당연히 두 사람은 따로 방을 잡았다. 그래도 바로 옆방이라 의견을 나눌 일이 있으면 쉽게 찾아갈 수가 있었다.

"Thank you, sir."

팁을 적당히 챙겨주니 벨보이가 미소를 보였다.

방으로 들어온 윤우는 이리저리 돌아다니며 꼼꼼히 둘러보았다. 외국에서, 그것도 이렇게 제대로 된 숙소에서 머문 것은 거의 처음이었기 때문에 모든 게 신기했다.

샤워실은 넓었다. 하얀 타월이 욕조에 걸려 있었는데, 먼지 하나 없는 것처럼 청소 상태가 매우 좋았다. 무엇보다도 집무 공간과 수면 공간이 나뉘어져 있다는 게 마음에 들었다.

'혼자 있기 아까운 곳인데?'

좋은 공간에 있다 보니 문득 아내 생각이 났다. 지금쯤 뭘 하고 있을까. 윤우는 휴대폰을 켜고 와이파이를 잡은 다음, 가연에게 잘 도착했다고 톡을 보냈다.

도착 문자를 기다리고 있었는지 가연에게 바로 답장이 왔다. 귀여운 이모티콘과 함께.

'다음에 유럽 여행 올 때 꼭 데려와야겠다. 가연이도 영국에 와 보고 싶어 했으니까.'

윤우는 호텔 내부 사진을 찍어 톡으로 보냈다. 그리고 다음에 꼭 같이 오자고 말했다. 당연히 아내는 기뻐했다.

그때 밖에서 신기한 일이 일어났다. 해가 떠 있는데, 갑자기 구름이 끼더니 빗방울이 떨어지기 시작한 것이다.

방수 자켓은 하나쯤 꼭 챙기라는 슬아의 조언이 문득 생각났다. 과연 이곳이 영국이구나. 그런 생각을 하며 윤우는 창가에 서서 비가 떨어지는 영국의 운치를 즐겼다.

똑똑─

노크가 들렸다. 룸서비스를 부른 적이 없으니, 아마 슬아일 것이다.

노트북으로 논문을 체크하던 윤우는 바로 나가 문을 열었다. 가슴골이 깊게 파인, 조금 헐렁한 느낌의 옷으로 갈아입은 슬아가 서 있었다.

"좀 잤어? 오래 비행해서 피곤할 텐데."

약 12시간 정도 비행했기 때문에 슬아는 녹초가 되었다. 그래서 아까 호텔 앞에서 윤우에게 빨리 들어가자고 채근한 것이었다.

"아니. 그냥 앉아서 쉬었지. 지금은 잠깐 논문 읽고 있었어."

"논문을? 이번에 ISN에서 나온 거 읽고 있었던 거니?"

"아니. 내 박사논문. 소진욱 선생님이 코멘트해서 보내주셨거든. 어디가 잘못됐는지 좀 보고 있었지."

아무리 윤우가 전생에 박사를 땄다고 해도 세상에 완벽한 논문이란 존재하지 않는다. 인문학의 정답은 단수가 아니다. 초고라 그런지 지적이 꽤 많이 들어온 상황이었다.

"그런데 무슨 일이야?"

"아니, 그냥."

슬아는 뒷짐을 진 채 시선을 살짝 돌렸다. 윤우는 그녀가 들어오고 싶다는 것을 알았다.

윤우는 슬아를 방으로 들였다. 아직 밖에서는 비가 한창 내리고 있었다. 짓궂기로 소문난 영국 날씨라, 비가 그치고 내리기를 반복하고 있었다.

슬아는 푹신한 소파에 앉아 창밖을 바라보았다. 윤우는 노트북 앞에 앉아 다시 논문을 들여다본다.

잠시 후, 슬아가 운을 뗐다.

"와인이라도 한잔 마실까?"

"좋지."

날씨도 날씨인 터라 와인을 마시기는 딱 좋았다.

슬아는 유창한 영어로 룸서비스를 불렀다. 그리고 두 사람은 마주 앉아 잔을 채우고 건배했다.

"내일 바로 발표할 텐데 준비 따로 안 해도 돼? 꽤 여유로운 것 같은데."

"준비는 출국하기 전에 다 끝내 놨지. 머릿속에 집어넣고 왔으니까 볼 필요는 없어."

"대단하네. 당연히 영어로 발표하는 거겠지?"

슬아는 고개를 끄덕였다. 하지만 그녀의 표정엔 학회에 대한 관심이 조금도 들어있지 않았다. 뭔가 다른 생각을 하고 있는 것이 분명했다.

한참을 기다려도 슬아가 아무런 말도 꺼내지 않아 윤우가 물었다.

"무슨 생각을 그렇게 해?"

"아니, 그냥. 문득 재미있는 생각이 들어서."

"뭔데?"

슬아는 손에 쥔 글라스를 한 바퀴 돌렸다. 진보라 액체가 원심력에 파도를 일으켰다.

슬아가 다시 입을 연 것은, 그 파도가 잔잔해질 무렵

이었다.

"이렇게 너랑 같이 학회에 오게 될 줄은 상상도 못했거든. 대학까지는 어떻게든 같은 곳에 가겠구나 하고 예상은 했는데."

"하긴, 그것도 그렇다. 그래도 같은 인문계열이니까 겹치는 부분이 없잖아 있어서 그렇지."

"다행이야."

"응? 뭐가?"

슬아는 고개를 가로저었다. 그녀의 시선은 어느덧 창가 쪽을 향하고 있다. 고즈넉한 그 눈에 담긴 감정은 무엇일까. 윤우는 갈피를 잡을 수 없었다.

빗소리가 잦아들었다. 호텔방 안도 점차 고요해지기 시작했다.

슬아가 말했다.

"일단 목표를 이뤘네. 너도 교수가 됐고 나도 교수가 됐으니까. 처음 약속은 지키지 못했지만."

약간의 아쉬움이 묻어났다.

슬아가 말하는 처음 약속은 윤우가 한국대 교수가 되겠다고 한 것이다. 목표가 바뀐 점에 대해서는 윤우도 미안했다. 하지만 슬아라면 자신을 이해해 줄 거라고 생각했다.

"왠지 평생 그걸 꼬투리로 잡을 거 같다?"

"당연하지. 넌 고등학생 때도 그랬지만, 왠지 완벽해서 꼬투리 잡을 만한 게 별로 없거든. 좋은 기회인 셈이지."

"그거 칭찬이냐?"

"반반?"

두 사람은 소리 내어 웃었다. 이렇게 마음 놓고 이야기를 하는 게 얼마만인지 모르겠다.

여기는 한국에서 멀리 떨어진 영국이다. 신화대 특임교수와 한국대 교수라는 직함보다, 김윤우와 윤슬아라는 사람으로 오롯이 남을 수 있는 공간이었다.

그래서 그런지 두 사람은 평소보다 더욱 솔직하게 이야기를 나눌 수 있었다.

"실은 말이지."

슬아가 조심스레 입술을 열었다. 슬아는 붉게 달아오른 얼굴로 윤우를 바라보았다. 눈동자가 살짝 빛나더니 점차 깊어지기 시작한다.

잔을 내려놓은 그가 손을 뻗었다.

넓고 따뜻한 손길이 어깨를 짚는다. 그리고 천천히 팔을 타고 내려와 허리를 어루만졌다. 짜릿한 느낌에 슬아는 몸을 살짝 떨었다.

그 포근한 손길을 거부할 수 없었다.

그의 여자가 되어 잡고 싶던 손이었다. 슬아는 그가 하고 싶은 대로 하도록 가만히 내버려 두었다.

테이블은 사랑을 나누기에 적당한 장소가 아니었다. 두 사람은 의견을 나누지 않았음에도, 자연스레 옆에 있는 침대로 장소를 바꿨다.

슬아는 아무런 저항 없이 얌전히 침대에 누웠다. 검은 머리카락이 하얀 시트에 널브러졌다. 부끄러운 마음에 슬아는 그와 눈을 마주치지 못했다.

말 그대로 뜻밖의 전개였다.

긴장감 때문에 몸이 떨리는 것은 어쩔 수 없었다. 평소에 그렇게 바라고 바라던 일이었지만, 이렇게 갑작스럽게 벌어질 줄은 상상하지 못했다.

처음이었다.

그래도 괜찮았다. 그의 체온을 이렇게 가까이서 느낄 수 있는 기회니까.

"윤우야……."

슬아가 나지막이 그의 이름을 부른다.

그것이 시작이었다. 두 사람은 침대 위에서 몸을 맞대고 키스를 나눴다. 혀와 혀가 서로 뒤엉켰다. 슬아는 눈을 감고 그의 모든 것을 받아들일 준비를 했다.

스윽.

서로의 몸을 가리던 옷이 하나 둘 벗겨진다. 은은한 조명에 반사된 슬아의 나체는 하나의 예술이었다. 티 없이 하얗고 보드라워 보였다.

그의 손이 슬아의 온몸을 쓸고 지나갔다. 감촉 자체만으로도 사람을 흥분하게 할 정도다. 세상에서 이렇게 부드러운 것은 아마 없을 것이다.

그녀의 얼굴은 더욱 달아올랐고, 손끝이 살갗에 닿을 때마다 신음 섞인 가쁜 숨을 내뱉었다. 취한 사람처럼 눈빛이 점차 흐려지고 있었다.

어느새 두 사람은 태어날 때 모습 그대로 서로를 탐닉하고 있었다.

모든 준비가 끝났다.

슬아는 그의 밑에서 그를 받아들이기로 마음을 먹었다. 눈을 감은 채로 단단해진 그의 분신을 느꼈다.

그런데 그가 갑자기 아무런 움직임도 보이지 않았다. 이상함을 느낀 슬아가 천천히 눈을 떴다.

자잘한 근육으로 다져진 매끈한 몸이 보였다.

하지만 정작 그의 얼굴이 보이지 않았다. 마치 새카만 가면을 쓴 것처럼 어두컴컴해 아무 것도 보이지 않았다.

"아……."

그는 윤우가 아니었다.

그것을 깨달은 슬아의 입에서 탄식이 흘러나왔다. 뜨겁게 달아올랐던 몸이 빠르게 식어갔다. 꿈을 헤매던 정신이 점차 또렷해지기 시작했다.

그렇게 슬아는 잠에서 깨어났다.

"꿈을⋯⋯."

슬아는 땀으로 흥건한 이마를 닦으며 한숨을 내쉬었다.

창문 커튼 사이로 어스름이 살짝 보였다. 아침이 밝아오고 있는 것이다. 슬아는 침대에 우두커니 앉아 어제 있었던 일을 되짚어 보았다.

'실은 말이지'라고 운을 떼며 용기를 내보았지만, 결국 그에게 아무 것도 말하지 못했다.

아니, 말은 하지 못했지만 그도 무슨 말을 할지 이미 아는 눈치였다. 상냥하게 웃으며 고개를 가로젓던 윤우의 모습이 떠오르니 가슴이 찌릿찌릿 아팠다.

가연이가 병실에서 깨어난 이후 윤우를 포기하려 했었다. 독하게 마음을 먹었다.

하지만 그게 말처럼 쉬운 것이 아니었다. 잊기로 한 지도 2년이 다 되어 가는데, 그에 대한 마음이 작아지기는 커녕 오히려 커져만 갔다.

'너무 쉽게 생각했어. 쉬운 일이 아니었는데.'

사실 이번 영국행도 계획에 없던 일이었다.

윤우가 이번 학회에 참석할지도 모른다고 지나가는 듯 얘기했을 때, ISN 사무국에 연락해 논문 발표를 하고 싶다고 뜻을 밝혔던 것이다.

가연이에겐 미안했다.

거짓말을 한 건 아니지만, 결과적으로 그녀를 기만한 꼴이 되었으니까.

하지만 어쩔 수 없었다. 사람 마음이라는 게, 그렇게 쉽게 조절할 수 있는 게 아니었다.

한숨을 내쉬며 자리에서 일어선 슬아는 물을 한 컵 쭉 마셨다. 그리고 거울이 걸린 벽 앞에 앉아 멍하니 자신의 한심한 모습을 바라보았다.

그때 노크가 들렸다.

문을 열고 보니 트레이닝복 차림의 윤우가 인사를 건넸다.

"자고 있었던 건 아니지?"

"……"

꿈의 잔영이 아직 남아있었던 걸까. 슬아는 쉽게 답을 할 수가 없었다.

"어디 아파? 안색이 안 좋은데."

"아니. 방금 일어났어. 그런데 아침부터 무슨 일이야?"

"무슨 일? 윤슬아. 벌써 잊어먹은 거냐. 아침에 타워브리지 구경 같이 가기로 했잖아. 어제 와인 많이 마시더니 취했었나 보네. 필름이 끊길 정도면."

확실히 많이 마시긴 했다. 둘이서 세 병을 비웠으니까. 아직 숙취가 덜 풀려 머리가 지끈거렸다.

"잠깐 네 방에서 기다리고 있어. 준비하고 나갈 테니까."

"무리하지는 말고. 오늘 발표해야 하니까. 괜찮겠어?"

"괜찮아."

그렇게 한 시간 뒤, 두 사람은 템스강을 가로지르는 타워브리지에 도착했다.

우우우웅─

멀리서 뱃고동 소리가 들렸다. 고즈넉한 주변 풍경에 잘 어울리는 음색이었다.

윤우는 타워브리지와 조금 떨어져 있는 곳에서 그것을 한눈에 담아보았다. 감탄이 절로 흘러나왔다.

약 120년 전 쯤 완공된 이 다리는 스코틀랜드풍의 독특한 건축양식으로 지어졌다. 양 끝으로 현수교가 이어져 있고, 중앙엔 배가 지나다닐 수 있도록 가동(可動) 부분이 존재했다.

가동 부분이 열리면 꽤 멋진 풍경이 연출될 것 같았지만, 지금은 내려가 있었다.

두 사람은 타워브리지 보행로로 들어섰다.

"사진 찍어 줄까?"

"아니."

윤우는 휴대폰을 꺼내 각을 잡고 주변 풍경을 사진으로 담았다. 슬아는 불어오는 아침 바람을 맞으며 그런 윤우의 모습을 빤히 바라보기만 했다.

"영국엔 정말 볼 게 많은 것 같아. 어제부터 오길 잘 했다는 생각만 하고 있다. 안 그래?"

"그래."

무뚝뚝한 대답에 윤우가 휴대폰을 집어넣고 몸을 슬아 쪽으로 돌렸다.

"왜 그렇게 저기압이야?"

"아니, 아무것도."

"아니, 아무것도라는 말 어제 포함해서 한 백 번은 들은 것 같다. 지겹지도 않아?"

슬아는 씁쓸히 웃었다. 그리고 푸른색 난간에 몸을 맡기고 유유히 흐르는 템스강을 시야에 넣었다. 강바람이 그녀의 단발을 어지럽게 흩트렸다.

그렇게 두 친구는 한동안 말없이 난간에 기대며 시간을 보냈다. 어스름한 주변이 점차 밝아지며 해가 떠오르기 시작했다.

"배고프다. 슬슬 돌아갈까?"

마침 차가 많아져 주변이 시끄러워질 무렵이었다. 슬아는 고개를 끄덕였고, 두 사람은 다시 호텔로 돌아와 아침을 먹으며 학회장으로 갈 준비를 했다.

NEO MODERN FANTASY STORY

뉴 라이프
NEW LIFE

Scene #67 뜻밖의 만남

Scene #67 뜻밖의 만남

오전 10시 무렵에 두 사람은 학회장에 도착했다. 런던 웨스트민스터 지역에 위치한 리셉션 홀. 고딕양식으로 지어진 매우 고풍스러운 곳이었다.

"와, 대단하네. 윤슬아. 저것 좀 봐."

윤우는 놀라지 않을 수 없었다. 규모에 한 번 놀라고 분위기에 두 번 놀랐다. ISN이 국제적인 규모의 학회다보니 국내 학회만 경험해 보았던 윤우에게는 하나같이 새롭게 보였던 것이다.

"내가 어제 분명히 말했을 텐데. 관광객처럼 굴지 말라고. 벌써 잊었니?"

슬아는 벌써 컨디션을 회복한 모양이다. 톡 쏘는 게 평소와 다를 게 없었다.

"아침부터 잔소리는."

"됐고, 따라 와. 접수부터 해야 하니까. 절차는 내가 알려 줄 테니 걱정하지 말고."

윤우와 슬아는 입구 데스크에서 접수를 했다. 슬아는 몇 번 참석해 본 경험이 있었기 때문에 윤우에게 차근히 절차를 가르쳐 주었다.

접수를 마치고 두 사람은 학회지와 안내지를 챙겨 홀쪽으로 걷기 시작했다. 걸으면 걸을수록 사람들이 점점 많아졌다. 윤우는 부딪히지 않게 조심히 움직였다.

"생각보다 참석자가 굉장히 많네. 몇백 명은 되겠는데?"

"ISN은 인문계뿐만 아니라 이공계에서도 관심을 기울이고 있는 곳이야. 최근 논저들을 보면 인문학과 자연과학의 경계가 불분명해지고 있어. 그러니 참석자가 많을 수밖에."

"그렇군."

두 사람은 열린 문을 통과해 식장 안으로 들어갔다.

500석 이상 마련된 내부에는 세계 각지에서 모여든 학자들이 모여 이야기를 나누고 있었다. 물론 조용히 노트북을 열고 논문을 찾아보거나 웹 서핑을 하는 사람들도 있었다.

영국에 본부를 둔 학회다보니 백인들이 압도적으로 많았다. 간혹 아랍계통의 학자들도 보였고, 흑인들도 몇 명 있었다. 중국인과 일본인들도 간혹 보였다.

윤우는 주변을 좀 더 둘러보았다.

앞쪽 단상에는 일렬로 테이블이 놓였고, 무선 마이크가 발표석마다 설치되어 있었다. 물과 음료수, 그리고 간식들도 준비가 철저히 되어 있었다.

윤우는 휴대폰을 꺼내 사진을 찍고 싶었지만 꾹 참았다. 이번엔 슬아가 정말 가만히 있지 않을 것 같았기 때문이다.

바로 그때였다.

"Hey, Dr. Yoon!"

굵직한 남자 목소리가 들렸다. 슬아가 먼저 반응했고, 윤우도 목소리가 들려오는 쪽으로 몸을 돌렸다.

가슴에 행사용 리본을 달고 있는 사람이었다. 안경을 낀 백발의 노인이었는데, 굉장히 신사적인 품위가 느껴지는 남자였다.

그가 다가오는 도중에 슬아가 빠르게 설명했다.

"ISN 회장 데이비드 박사님이셔. 케임브리지 대학에 계시고."

윤우는 고개를 끄덕였다. 그 사이 데이비드 박사는 반갑게 슬아와 악수를 나눴다. 꽤 친분이 있는 사이 같았다.

"닥터 윤. 오랜만이오."

"잘 지내셨죠?"

"물론이오. 그런데 이분은?"

"소개드리죠. 한국에서 저와 같이 온 프로페서 김윤우입니다. 신화대학교에서 현대문학을 가르치고 있어요."

"현대문학이라면, 영문학이오?"

"아뇨. 한국문학입니다."

"그렇군. 반갑소."

데이비드 박사가 정중히 악수를 청해왔다. 윤우는 그 손을 맞잡으며 영어로 반갑다고 말했다. 물론 발음은 좀 엉성했다. 그래도 데이비드 박사는 고개를 끄덕여주었다.

그 이후로 윤우는 데이비드 박사와 간단히 대화를 나눴다. 영어 리스닝에는 자신 있었지만, 아무래도 말하는 것에는 한계가 좀 있어 도중에 슬아의 도움을 몇 번 받았다.

다소 뜻밖의 일은, 데이비드 박사가 일전에 윤우가 ISN에 기고한 논문을 기억하고 있었다는 것이다. 겉치레인지는 몰라도 데이비드 박사는 윤우의 논저를 훌륭히 평가했다.

"그건 그렇고 혹시 신화대에서 한국어 프로젝트를 총괄하고 있는 프로페서 킴이 당신이오?"

의외의 질문에 윤우는 반갑게 고개를 끄덕였다. 영국 명문대의 교수가 자신의 프로젝트를 기억하고 있을 줄은 전혀 예상을 못한 일이었다.

"맞습니다. 제가 한국어문학센터를 총괄하고 있습니다."

"아아, 그랬군. 흥미롭게 지켜보고 있소. 오픈코스웨어의 매우 미래지향적인 활용법인 것 같은데……."

"그렇게 평가해 주시니 감사하네요."

"이따 저녁에 시간을 좀 내줄 수 있소? 그에 관해 긴밀히 논의를 나눠보고 싶소."

"물론입니다. 저야 영광이지요."

"만찬에는 닥터 윤도 함께 했으면 좋겠소만."

"예. 저도 가겠습니다."

대화는 그것으로 끝났다. 데이비드 박사와 헤어진 두 사람은 적당한 곳에 자리를 잡고 앉았다. 윤우는 데이비드 박사의 제안에 상당히 들떠 있었다.

"기분 좋은가 보다?"

"당연하지. 내 프로젝트를 외국의 권위 있는 사람이 기억해 주고 있는데. 이야기가 잘 풀리면 어학당 유럽 진출을 좀 더 앞당겨도 되겠어."

"동남아시아 쪽이 어느 정도 정리되면 추진해. 괜히 문어발식으로 벌여봐야 득 될 거 없어."

"당장은 어렵지. 서양권 전문가가 내 근처에는 없으니까. 그나마 믿을 만한 사람은 다른 학교에 가 있고."

"믿을 만한 사람? 누구?"

"너."

슬아는 고개를 가로저으며 한숨을 내쉬었다.

"나 신화대 제안 거절하고 한국대로 간 거 알잖니. 지금 와서 돌이킬 수는 없어."

"뭘 그렇게 어렵게 생각해? 다시 신화대로 옮기면 되지."

"네가 한국대로 옮기는 건 안 되고?"

"한국대는 내가 뜻을 펴기에 조직이 너무 경직되어 있어. 반면 신화대는 치고 올라갈 여지가 많거든. 내가 프로젝트를 성공시킬 수 있었던 것도 비교적 조직 문화가 유연했던 탓이야."

"알았으니까 다른 전문가를 찾아보렴."

"매정한 녀석."

물론 반쯤 농담으로 하는 말이었기 때문에 두 사람은 크게 마음에 두지 않았다.

그때 데이비드 박사가 단상 근처에서 누군가와 인사를 나누는 모습이 윤우에 눈에 들어왔다. 무심결에 그곳을 보던 윤우가 깜짝 놀랐다.

"잠깐, 저 사람……."

악수를 나누고 있는 상대가 다름 아닌 차성빈 교수였기 때문이다. 슬아도 뒤늦게 발견했는지 살짝 놀랐다.

"차성빈 선생님이 왜 ISN에 참석하신 거지? 소식을 전혀 듣지 못했었는데."

"일단 내려가서 인사드리는 게 좋겠어."

윤우와 슬아는 빠르게 걸어 단상 앞으로 내려갔다. 마침 데이비드 교수와 인사를 마친 차성빈 교수가 이쪽을 보더니 씨익 미소를 지었다.

"차 선생님. 여기서 인사를 드리게 될 줄은 몰랐네요."

"오해하지는 마라. 예정에 없던 일은 아니야. 난 조용히 다니는 타입이거든. 그렇죠? 윤 선생님."

슬아도 고개를 살짝 숙여 인사를 했다. 차성빈 교수는 윤우에게는 반말을 했지만 슬아에게는 경어를 썼다. 거의 대등한 직급이었기 때문이다.

차성빈 교수가 가까이 다가와 악수를 청했다.

"한국어문학센터 소식은 잘 듣고 있다. 요즘 잘 나간다면서? 올해의 젊은 교수상 후보에도 오르고. 과연 너답다는 생각을 하고 있었다."

"아직 시작에 불과합니다. 좀 더 지켜봐 주세요. 그 이상의 성과를 보여드릴 겁니다."

"그렇겠지."

비웃는 투는 아니었다. 차성빈 교수는 진심으로 윤우의

업적을 인정해 주고 있었다.

윤우가 물었다.

"선생님 쪽은 어떠십니까? 전에 주신 인문과학센터 설립안은 감명 깊게 읽었습니다."

"그래. 그거 때문에 여기까지 온 거야. 데이비드 교수에게 조금 도움을 받을까 해서. 얘기를 들어보니 네 이야기를 하더군. 프로페서 킴이 오픈코스웨어에 조예가 깊다나?"

"오늘 만찬을 함께 하기로 했습니다."

"그렇다면 우린 경쟁자가 되겠군. 네가 동남아에 진출하는 동안 나는 유럽 대학들과 접촉을 했어. 곧 한국대에서도 공식적으로 보도자료를 내보낼 거다."

"기대하고 있겠습니다."

그렇게 윤우와 슬아는 차성빈 교수와 헤어지고 각자의 자리로 돌아갔다.

슬아는 두 사람이 경쟁관계에 있다는 것을 알았기 때문에 걱정스러운 표정으로 윤우를 바라보았다. 차성빈 교수는 만만한 상대가 아니었으니까.

하지만 윤우의 얼굴은 지나칠 정도로 평온했다. 오히려 여유 넘치는 미소까지 짓고 있었다.

슬아의 발표는 훌륭했다.

그녀의 영어는 막힘이 없었고, 때때로 터지는 유머가 청중의 웃음을 이끌었다. 평소 쌀쌀맞은 그녀에게 볼 수 없는 활기찬 모습이었다.

윤우는 흥미롭게 발표를 지켜보았다. 물론 의미를 명확하게 이해할 수는 없었다. 학술용어가 많이 쓰였기 때문이다.

그래도 윤우는 끈기 있게 경청했고, 곧 슬아가 발표를 마치고 박수를 받으며 연단에서 내려왔다.

윤우의 옆자리로 돌아온 슬아가 도도히 물었다.

"감상은?"

"대단하네. 뭔가 평소의 너와 전혀 다른 모습을 봐서 그런지 새롭기도 했고."

"어떻게 달랐는데?"

"유머도 자연스럽고, 굉장히 활동적으로 보였어. 너 그렇게 활발한 편은 아니잖아."

"그건 유학 생활하면서 좀 바뀐 부분이야. 서양에서는 의견을 자신 있게 표현하는 게 중요하거든. 꿀 먹은 벙어리처럼 있으면 바보가 돼. 한국과는 전혀 반대지."

그 말에 문득 한 일화가 떠오른다.

작년 서울에서 열린 G20 폐막기자회견장에서 미국 대통령이 한국 기자들에게 질문권을 준 적이 있었다. 하지만 한국 기자들은 아무도 질문을 하지 못하고, 결국 중국이 아시아를 대표하여 질문을 하는 사건이 있었다.

주입식 교육의 폐해인 것이다. 그 사건을 지켜보며 윤우도 깨달은 바가 많았기에, 슬아가 무슨 의도로 그런 이야기를 했는지 이해할 수 있었다.

"그런데 무슨 말인지 알아듣긴 했니?"

"그냥 대강 맥락만. 난해한 용어가 너무 많아서 띄엄띄엄 들리더라."

"시간 나면 영어 공부도 좀 해두렴."

"한국어 공부하기도 벅찹니다."

슬아는 싱겁게 웃으며 자리에서 일어섰다. 그리고 턱짓으로 뒤쪽 홀을 가리켰다.

"2부는 이걸로 끝났어. 커피 브레이크가 있으니까 같이 나가자. 인맥 만들기에 딱 좋은 자리야. 명함 챙겼지?"

"그래."

발표장 옆에 연회용 공간이 붙어 있었다. 다양한 차와 과자, 그리고 케이크가 테이블에 올려 있었고, 벌써 많은 학자들이 모여 이야기를 나누고 있었다.

윤우와 슬아는 주변을 돌아다니며 세계 각지에서 온 사

람들과 친목의 시간을 가졌다.

그때 장신의 외국인이 두 팔을 벌리며 이쪽으로 다가 왔다.

"닥터 윤! 이게 얼마만입니까? 발표 잘 들었습니다. 여전히 아름다우시군요."

"감사해요. 요즘은 어때요? 에반스를 통해 가끔 소식을 듣긴 했어요."

"끔찍하죠. 닥터 윤이 학교를 떠나서 흥미가 떨어졌어요. 저도 한국으로 가 볼까 고민 중입니다. 한국 생활은 어떤가요?"

"나쁘지 않아요."

"예일대에 계속 남아줬다면 좋았을 텐데요. 지금이라도 늦지 않았으니 나중에 따로 연락을 주세요. 제가 잘 이야기를 해 보죠."

"아직은 생각이 없어요."

금발의 귀공자처럼 생긴 젊은 남자가 슬아와 친근하게 이야기를 나눴다. 얘기를 들어보니 예일대에서 같이 공부를 한 사람 같았다.

'슬아 녀석. 인기가 굉장히 좋구나. 하긴, 외모가 받쳐주니까. 거기에 머리도 좋으니 싫어할 사람은 없겠지.'

윤우는 슬아와 떨어져 주변을 두리번거렸다. 이렇게 좋은 기회를 그냥 멍하니 날릴 수는 없었다.

일단 편하게 이야기를 나눌 수 있는 아시아권 학자들을 찾아보았다.

'저 사람, 일본인인가?'

윤우의 눈에 한 중년인의 모습이 보였다. 동그란 안경에 턱수염을 기른 사내였다. 윤우는 바로 다가가 영어로 말을 걸었다.

"반갑습니다. 실례지만 어디에서 오셨습니까?"

"동경대에서 왔습니다. 모리 류헤이입니다."

동경대라면 일본이다. 그런데 일본인 특유의 어눌한 발음이 거의 없었다. 알아듣기가 무척 편했다.

"신화대에서 온 김윤우입니다."

"잘 부탁합니다."

윤우와 류헤이 교수는 서로 명함을 교환했다. 윤우는 이번 학회에 참석하기 위해 영어로 된 명함을 따로 제작했다.

명함을 보니 류헤이 교수는 동경대 교양학부 소속이었다. 한편 류헤이 교수는 윤우의 명함을 뚫어져라 쳐다보더니, 얼굴에 미소를 띠며 감탄했다.

"아아, 역시 한국어문학센터의 김 선생이었군요. 말씀 많이 접했습니다. 우리 학교에서도 한국어에 대한 수요가 많습니다. 좋은 인연이 되겠는데요?"

"도와드릴 일이 있다면 얼마든지 도와드리겠습니다.

그런데 모리 선생께서는 어떤 분야를 연구하고 계신지 들을 수 있을까요?"

"얼마든지요. 제 연구 분야는……."

윤우는 류헤이 교수의 환심을 사기 위해 자기 이야기보다는 그의 이야기를 경청했다. 학자들에게 있어 자신의 연구 분야를 묻는 것만큼 큰 관심은 없다.

그렇게 두 사람은 한참이나 의기투합하여 이야기를 나눴다. 자신의 연구 분야에 대해 설명하던 류헤이 교수는 화제를 살짝 바꿨다.

"다음 달에 한국에 잠시 방문할 예정입니다. 한국대에서 세미나가 있습니다."

"한국대 말씀입니까? 제가 그곳에서 공부를 했습니다. 괜찮으시다면 제가 학교를 안내해 드리고 싶습니다만."

"오오, 그래주시겠습니까? 정말 감사합니다. 한국 분들은 친절하기로 유명하다던데, 김 선생을 보니 뭔지 알 것 같군요."

잠시 후, 류헤이 교수와 이야기를 끝내자 슬아가 이쪽으로 다가왔다.

"김윤우. 슬슬 가자."

"벌써?"

"아쉬워 할 거 없어. 앞으로도 3일 동안 학회가 열리니까 기회는 얼마든지 있을 거야. 첫날부터 무리할 필요는 없지."

"그런가."

"이따 저녁에 데이비드 박사님도 만나야 하잖아. 준비
해야 할 게 많을 텐데? 오픈코스웨어에 관심을 두고 계시
니 그에 관해 설명을 해야 할 거 아니니."

"하긴, 그건 그렇지."

데이비드 박사와 저녁을 함께하며 사업에 대한 이야
기를 나눌 것이다. 그는 아까 처음 만났을 때 '긴밀히' 라
는 단어를 썼다. 꽤 깊이 있는 이야기가 오갈 것이 분명
했다.

'신화학당의 유럽 진출을 위한 절호의 기회야. 쉽게 생
각해서는 안 돼.'

그렇게 윤우가 연회장을 나갈 무렵, 한쪽에서는 차성빈
교수가 데이비드 박사와 이야기를 나누고 있었다.

그 모습이 윤우의 시야에 잡혔다. 윤우의 표정이 순간
진지해졌다.

'차 선생…… 역시 데이비드 박사를 잡으려는 건가? 유
럽 대학과 벌써 접촉을 했다고 하던데. 보도자료를 낼 정
도면 뭔가 성과가 있었다는 말이고.'

분위기가 꽤 좋아 보였다. 서로 어깨를 다독이며 흥미
롭게 이야기를 하고 있다. 윤우는 자기도 모르는 사이 걸
음을 멈추고 그쪽에 집중했다.

윤우가 따라오지 않는 것을 느낀 슬아가 뒤돌아섰다.

"뭐 하고 있어?"

"아니, 아무것도. 어서 가자."

◆

만찬까지는 두 시간 정도가 남았다. 윤우는 침대에 엎드린 채 오픈코스웨어 프로젝트를 문서로 정리했다. 오늘 만찬 후에 데이비드 박사에게 메일로 보낼 것이다.

띠링.

메일이 한 통 도착했다. 알림창을 보니 한국에서 서경석 교수가 보낸 메일이었다.

무슨 일일까. 윤우는 마우스를 움직여 메일을 열어보았다.

– 메일을 보는 대로 전화를 해 주게. 급히 할 말이 있으니.

내용은 그게 다였다. 평소에 메일을 주고받는 사이는 아니었기 때문에 윤우는 무슨 일인가 싶었다. 즉시 수화기를 들고 국제전화를 걸었다.

"선생님. 김윤우입니다. 메일 받고 연락을 드렸는데요."

– 아아, 김 선생. 바로 전화를 해 줬군.

"마침 컴퓨터 앞에 앉아 있었거든요. 그런데 무슨 일이
십니까?"

– 그게…….

서경석 교수는 뜸을 들였다. 뭔가 말하기 어려운 내용
인 모양이다. 윤우는 전화비가 좀 아까웠지만, 채근하지
않고 노트북 자판을 두드렸다.

– 실은 오늘 이사회에서 학과 정원과 관련한 논의가 있
었다네.

타이핑을 하던 윤우의 두 손이 뚝 멈췄다.

"정원이라뇨? 갑자기 정원은 왜요?"

– 이번 대학평가에서 순위가 낮은 학과는 정원을 감축
한다고 하더군. 인문학부 내에서 평가가 높은 학과에 정
원을 더 주게 됐어.

윤우의 표정이 심각해졌다. 입학정원은 그 학과의 경쟁
력과 직결된다. 그런데 대학에서 그것을 줄이겠다고 나서
는 것이다.

윤우가 알기로 신화대학교 인문대에서 가장 평가가 좋
은 학과는 영문과다. 그 다음이 일문과고, 국문과는 여섯
번째다.

서경석 교수의 설명이 이어졌다.

– 자네는 올해 부임했으니 잘 모르겠지만…… 우리 학

과는 평가가 좋은 편이 아니야. 무슨 말인지 이해하겠나? 작년과 비슷한 평가를 받게 된다면 정원감축은 피할 수 없게 된다는 말이지.

윤우는 피식 웃었다. 일이 재미있게 돌아가고 있었다.

'나에게 도움을 청하려는 건가?'

서경석 교수를 비롯한 다른 국문과 교수들은 자신을 박대했다. 친총장파라는 이유로 말이다. 그런데 그들의 리더인 서경석 교수가 이렇게 연락을 해 오다니.

어지간히 급하긴 급한 모양이다.

물론 윤우는 쉽게 그 부탁에 응해줄 생각이 없었다. 주도권을 잡을 좋은 기회라고 생각한 윤우. 그가 거만하게 대꾸했다.

"그래서요?"

- 뭐?

이어지는 침묵.

서경석 교수는 적잖게 놀란 모양이다. 한참이 지나서야 그의 목소리가 들려왔다.

- 그래서라니…… 이번 일이 얼마나 심각한지는 자네도 잘 알잖아. 자네도 국문과 교수가 아닌가?

윤우는 침대에 벌러덩 누워 건성으로 대답했다.

"국문과 교수이긴 하죠. 하지만 전 특임교수입니다. 한국어문학센터를 맡고 있긴 하지만 강의전담교수 시절과

다를 바가 없죠. 정원 문제는 전임교수 분들께서 해결하
셔야 하는 문제가 아닐까요?"

－ 그렇게 생각하지 말게. 다 같이 머리를 맞댈 필요가
있어. 이번 대학평가에서 어떻게든 좋은 평가를 받아야만
해. 그러니…….

"분명히 말씀드리죠. 전 협조할 생각 없습니다. 지금은
학회 때문에 정신이 없고, 돌아가서는 한국어문학센터 관
리만으로도 벅찰 겁니다."

－ 김 선생! 그러지 말고 좀 도와주게나. 응? 한국어문
학센터에서 조금만 나서 줘도 학과 평가에 크게 도움이
돼!

목소리에서 다급함이 느껴졌다. 애절하게 수화기를 쥐
고 있는 서경석 교수의 얼굴이 떠올라 웃음이 나왔다.

윤우는 이 상황을 충분히 즐기고 있었다. 이미 서경석
교수의 의도는 모두 간파했다.

아마 한국어문학센터를 이용하여 학과 평가를 끌어 올
리겠다는 수작질일 것이다.

"선생님. 솔직하게 말씀드리죠. 전 지금까지 학과 내에
서 괄시를 당해왔습니다. 강의 첫날 교수회의 있던 거 기
억나시죠? 그때 이준희 선생님이 계시지 않았더라면 전
교수회의가 있었다는 것조차 몰랐을 겁니다."

－ 그건 미안하게 생각하고 있네.

"그런 대우를 받았던 제가 왜 선생님들을 도와야 합니까?"

– 잠깐, 진정해. 내 말은 그게 아니고.

"뭐가 아닙니까? 전에 선생님께서 말씀하셨죠. 강의전담교수 따위가 왜 그렇게 설치고 다니냐고. 전 그 말씀대로 할 겁니다."

– 김 선생!

"이야기 끝났으니 끊겠습니다."

윤우는 전화를 툭 끊었다. 속이 다 시원했다. 10년 묵은 체증이 시원하게 내려가는 듯한 기분이다.

'그나저나 대학평가라…… 이거 쉽지 않겠는데? 이대로라면 정원 감축은 피할 수 없을 텐데.'

정원 감축은 윤우 입장에서도 결코 좋은 일은 아니었다. 서경석 교수의 말대로 윤우는 국문과 소속이었고, 한번 감축된 정원은 늘리기가 대단히 어렵기 때문이다.

물론 대학평가를 잘 받게 할 자신은 있었다. 이번에 오픈코스웨어 프로젝트가 대성공을 거뒀으니 그것과 잘 엮는다면 좋은 평가를 받아 낼 수 있을 것이다.

윤우가 나설 동기는 충분했다. 한국대를 넘어서는 것이 그의 또 다른 목표였으니까.

'그 계획을 조금 앞당겨 볼까?'

윤우는 대학평가지표가 무엇이고, 어떻게 하면 점수를

잘 받을 수 있는지 고민해 보았다. 몇 가지 좋은 아이디어가 머릿속에 떠올랐다.

그때 방문이 열리더니 누군가 안으로 들어왔다. 슬아였다.

"무슨 통화를 그렇게 크게 해? 싸웠니?"

방문을 살짝 열어놓았는데 통화를 다 듣고 있었던 모양이다. 윤우는 침대에서 일어섰다.

"다 듣고 있었던 거냐?"

"고의는 아냐. 목소리가 커서 듣기 싫어도 들을 수밖에 없었어."

"좀 문제가 생겼어."

윤우는 슬아에게 정원감축에 대한 이야기와, 지금까지 신화대 국문과 교수들이 자신을 어떻게 대했는지를 이야기해 주었다. 슬아는 꽤 흥미를 보였다.

"의외라고 해야 할까. 넌 늘 나서서 남 돕기 좋아하는 사람이었는데 매몰차게 거절하다니."

"완전히 거절한 건 아냐. 사과하도록 만들어야지. 좋은 기회를 놓칠 수는 없잖아? 싹싹 빌게 만들 거다. 이 기회에 과 내에서 주도권을 잡아야지."

"그래. 아무튼 그건 그렇고……."

슬아가 갑자기 주제를 바꾸었다. 여기에 찾아온 또 다른 이유가 있었던 모양이다.

"방금 전에 데이비드 박사님께 연락이 왔어. 오늘 약속했던 만찬 미루자고 하시네."

"미루자고? 왜?"

"한국에서 온 중요한 손님을 맞아야 한다더라."

"한국에서 온 중요한 손님?"

그 한 문장을 되뇌자 윤우의 뇌리에 차성빈 교수의 얼굴이 떠올랐다.

"선수를 쳤구나. 차 선생님이."

윤우는 한방 먹었다는 표정을 지었다.

"어떻게 할 거니?"

"어떻게 하긴. 약속 좀 미뤘다고 쫓아가서 따질 수는 없는 거잖아. 신사의 나라 영국인데."

윤우는 농담을 하며 여유를 보였다. 슬아는 궁금했다. 도대체 저 자신감은 어디에서 나오는 걸까.

윤우는 노트북 앞에 다시 앉아 타이핑을 시작했다. 오픈코스웨어 프로젝트와 관련한 문서였다.

"데이비드 박사님이 언제 다시 만나자고 하셨어?"

"내일 저녁으로 약속 미루자고 하시더라. 정말 미안하다고 전해달라고 했어."

"그래."

일이 뭔가 한꺼번에 몰아닥친 느낌이었지만, 윤우는 개의치 않고 계획을 보다 견고하게 만들어 나갔다. 어차피 언젠가는 부딪쳐야 하는 일이었다.

문서 작업을 마무리한 윤우가 노트북을 덮고 자리에서 일어났다.

"그럼 우리끼리 맛있는 거라도 먹으러 가자."

"그래."

"네가 사라."

윤우는 슬아가 미간을 찌푸리며 노려볼 시간도 주지 않고 방을 나섰다.

◈

다음 날, 학회 일정을 끝낸 윤우와 슬아는 호텔 근방에 위치한 가게에 들러 선물을 샀다. 윤우는 티 용품을 샀고, 슬아는 장식용품을 몇 개 골랐다.

"김윤우."

"왜?"

계산을 마치고 나올 때 슬아가 말을 걸었다. 윤우는 잠시 멈춰 뒤돌아섰다.

"오늘 저녁 만찬 있잖아. 약속 미룬 거에 대해 너무 지적하지 않는 게 좋을 거야. 데이비드 박사님은 무례한 걸 싫어하시거든. 보기와는 다르게 은근히 뒤끝도 있는 분이고."

"그럴 일 없으니까 걱정 마. 할 얘기도 많은데 그런 걸로 쓸데없이 시간 낭비할 생각 없어."

어젯밤, 윤우는 한국어교육과 관련한 오픈코스웨어를 케임브리지 대학에 서비스하는 방안을 기획했다. 성공을 위해서는 데이비드 박사를 설득해야 한다.

물론 박사를 설득한다고 끝이 아닐 것이다. 케임브리지 대학의 실무진들과도 접촉을 해야 하고, 대학 대 대학으로 협약을 맺어야 한다.

슬아가 진지하게 물었다.

"자신 있니? 데이비드 박사님은 꽤 완고한 분이야. 설득에 실패할 수도 있어."

"그럴 수도 있겠지. 박사님이 차성빈 선생님을 먼저 만났다는 건 그쪽 제안에 더 관심을 두고 있다는 얘기니까."

윤우는 현실을 냉정하게 바라보았다.

신화대학교는 거의 알려지지 않은 학교다. 반면 차성빈 교수의 한국대학교는 세계 100위권 대학 안에 늘 이름을 올렸고, 활용할 수 있는 자원도 훨씬 많았다.

이런 상황에서 한국어와 한국문학에 대한 관심 자체가 없고, 또 고질적인 오리엔탈리즘으로 무장한 유럽 대학들과 협약을 체결하는 것은 거의 불가능에 가까운 일이다.

기껏해야 기업이나 사회단체에서 조성한 기부금으로 한국관련 과정을 설치하는 것이 전부일 것이다. 교수들의 월급도 기부금이나 정부 출연으로 지급되는 것이 현실.

윤우에게는, 이렇게 삭막한 현실을 극복할 만한 힘이 아직 갖춰지지 않은 상황이었다.

"너답지 않게 쉽게 포기하는구나."

"포기하는 건 아니야. 이 보 전진을 위한 일 보 후퇴랄까. 잠깐 물러서는 것일 뿐이지. 당분간은 동남아시아에 집중할 생각이야. 누구의 조언대로."

그 조언은 어제 슬아가 학회장에서 한 것이었다. 문어 발식으로 벌이지 말라고. 괜히 부끄러운 마음에 슬아는 표정을 숨기고 앞서 걷기 시작했다.

윤우는 선물 봉투를 뒤적여 상자 하나를 꺼냈다. 빅 벤을 그대로 옮겨놓은 예쁜 미니어처가 들어 있었다.

왠지, 가게에서 그것을 처음 봤을 때 슬아에게 주면 좋겠다고 생각하던 것이었다.

슬아의 곁으로 따라 붙은 윤우가 그걸 내밀었다.

"뭐야?"

"선물."

슬아는 얼떨결에 상자를 받아 들었다. 아까 눈에 들어와 살까 말까 고민하던 것이었다. 슬아는 애써 떠오르는 미소를 꾹 참았다.

윤우와 슬아는 데이비드 박사와의 만찬을 위해 런던 근교로 이동했다.

식당 안으로 들어가니 어두운 조명에 그을린 클래식한 인테리어가 눈에 들어왔다. 은은하게 흘러오는 음악이 듣기 좋았다.

두 사람은 웨이터의 안내를 따랐다. 구석에 있는 원형 테이블에 데이비드 박사가 앉아 있었다.

일행이 다가오자 그가 일어서 팔을 벌리며 환영했다.

"어서 오시오. 어제는 미안했소. 갑작스럽게 일정이 잡혀서."

"괜찮습니다. 실은 감사하게 생각하고 있지요."

"감사하게? 그 반응은 의외로군요."

"어제 약속이 미뤄진 덕분에 닥터 윤에게 근사한 곳에서 저녁을 얻어먹었거든요."

"하하하!"

윤우의 유머에 데이비드 박사는 시원하게 웃었다. 하지만 슬아는 못마땅한 표정이다. 어젯밤에 저녁을 사느라 뜻하지 않게 지출이 컸다.

그래도 좋았다.

상대가 다른 사람도 아니었고 윤우였으니까. 돈이 아깝지 않았다.

"자, 어서 앉으시오. 주문을 해야겠는데…… 다들 여기가 처음일 테니 내가 먹을 만한 것을 골라주겠소."

웨이터가 메뉴판을 열어 앞에 내려놓았고, 데이비드 박사는 이곳에서 제일 잘하는 음식 몇 가지를 추천해 주었다.

윤우와 슬아는 딱히 가리는 음식이 없었기 때문에 박사의 추천을 받았다. 윤우는 닭 요리를, 슬아는 돼지고기 요리를 선택했다.

글라스마다 와인이 채워지고 본격적으로 이야기가 시작됐다. 데이비드 박사는 먼저 슬아와 이야기를 나눴다. 어제 발표 내용에 관한 것이었는데 칭찬 일색이다.

윤우는 왠지 소외감이 들어 팔짱만 끼고 앉아 있었다. 그러다가 재미있는 생각이 머릿속에 떠올랐다.

'데이비드 박사를 조금 당황하게 해 볼까? 어제 약속을 미룬 것에 대한 답례도 해야 하니까.'

윤우는 할 말을 미리 구상한 다음, 잠시 대화가 끊기기를 기다렸다가 운을 뗐다.

"데이비드 박사님. 어제 한국대에서 온 손님은 잘 만나셨습니까?"

데이비드 박사는 살짝 놀랐다.

"이거 놀랍군. 어떻게 아셨소? 한국대 손님을 만났다는 건 닥터 윤에게도 말하지 않았는데……."

"저도 한국대 출신입니다. 그리고 어제 박사님께서 만나신 분은 제 스승님이기도 하지요. 차성빈 교수, 맞지요?"

데이비드 박사는 신기하다는 듯 윤우를 바라보며 고개를 끄덕였다.

"맞소. 사제 관계였다니, 미처 몰랐던 사실이군요."

"인문과학센터에 대한 이야기가 나왔을 것 같은데, 어떠셨습니까?"

"미안하오. 그건 닥터 차와 협의한 내용이라 당신에게 이야기해 주기는 어려울 것 같소."

"아닙니다. 제가 실례했습니다."

이야기하기 어렵다는 것은 그만큼 깊이 있는 대화가 오갔다는 의미다. 아무래도 차성빈 교수가 데이비드 박사를 설득하는 것에 성공한 모양이다.

윤우가 화제를 살짝 바꿨다.

"전에 학회장에서 처음 뵈었을 때 저희 대학에서 추진하고 있는 오픈코스웨어 프로젝트에 관심이 있다고 들었습니다. 괜찮으시다면 설명을 좀 드리고 싶은데요."

"그거 좋지요. 하지만 급할 건 없지. 밤은 기니 말이오.

식사가 나오면 천천히 이야기를 나눠보도록 합시다."

식사가 나올 때까지 세 사람은 와인을 마시며 사적인 이야기를 나누었다.

잠시 후 요리가 깔리고 세 사람은 식사를 시작했다. 데이비드 교수의 선택이 적중한 것인지, 아니면 원래 셰프의 솜씨가 좋은 것인지는 몰라도 음식이 굉장히 맛있었다.

시간이 적당히 흐르고 분위기가 무르익자, 윤우가 포크와 나이프를 내려놓으며 말했다.

"단도직입적으로 말씀드리죠. 저희 신화대 한국어문학 센터에서 진행하고 있는 오픈코스웨어 서비스를 케임브리지 대학에도 제공하고 싶습니다."

"오, 대단히 흥미로운 제안이군요."

"그에 대해 실무적인 대화를 나눠보고 싶습니다만. 괜찮을까요?"

데이비드 박사는 난처한 표정을 지었다.

"한 가지 문제가 있소."

"어떤 문제입니까?"

"영국에서는 한국어와 문화에 대한 관심이 거의 없소. 아예 없다고 봐도 무방하지. 과정을 개설한다고 해도 수강생이 몰릴 거라고 생각할 수는 없소. 동남아시아 쪽은 '한류'라고 부르는 현상이 있어서 가능한 것이겠지만 이쪽 상황은 많이 다르다오."

데이비드 박사는 부정적인 입장을 표명했다. 슬아도 우려 섞인 표정으로 윤우를 바라본다.

그 와중에 윤우는 글라스를 들어 와인을 한 모금 마셨다. 시큼한 풍미를 느끼며 여유롭게 대꾸했다.

"하나 간과하고 계신 게 있군요. 저희는 콘텐츠만이 아니라 오픈코스웨어 기술 또한 보유하고 있습니다. 자체 개발한 기술이죠."

"거기까지는 몰랐군요."

"원하신다면 그 기술을 제공해 드릴 수도 있습니다."

"기술을?"

의외의 제안에 데이비드 박사는 살짝 놀랐다.

신화대학교와 명성학원이 공동으로 개발한 오픈코스웨어 기술은 세계적으로 호평을 받을 정도로 우수하다. 그것을 제공해주겠다고 하는 것이다.

고개를 끄덕인 윤우가 데이비드 박사를 날카롭게 노려보며 말했다.

"물론, 거기엔 조건이 하나 있습니다."

그리니치 표준시(GMT)의 본고장답지 않게 영국에서의

227

시간은 빨리 흘렀다.

학술대회 일정을 모두 마친 윤우와 슬아는 에딘버러로 이동해 즐거운 시간을 보냈다. 보는 사람마다 잘 어울리는 커플이라며 엄지손가락을 들었을 정도다.

슬아는 애써 그 시선을 부인하지 않았다. 윤우도 슬아의 기분을 맞춰 주기 위해 그저 씨익 웃고 말았다.

두 사람은 홀리루드 공원(Holyrood Park)을 거닐며 시간을 보냈고, 멋진 풍경 앞에 서서 다정히 사진을 찍었다.

"신혼여행을 여기로 오셨나 봐요. 두 분 정말 잘 어울립니다. 멋진 커플이에요."

사진을 찍어 준 영국인 청년이 카메라를 돌려주며 칭찬을 했다. 슬아는 얼굴을 살짝 붉혔고, 윤우는 친구 사이라고 짧게 답했다.

그러자 영국인 청년이 당황했다.

"아, 이거 실례했네요."

"괜찮습니다. 그런 말 자주 들어서요. 사진 찍어주셔서 감사합니다."

윤우는 카메라의 액정으로 사진을 넘겨보았다. 꽤 잘 나왔다. 곁에서 함께 보던 슬아는 돌아가면 즉시 인화해 앨범에 보관해야겠다고 마음먹었다.

문득 옆을 보니 슬아가 싱긋 웃고 있었다.

"뭘 그렇게 웃고 있어?"

"아니, 아무것도."

윤우는 또 그 말이냐며 한소리 할까 하다가 그냥 웃어넘겼다.

날이 저물자 두 사람은 저녁을 먹고 근방에 잡아 둔 게스트하우스로 이동했다. 근처 호텔에 마침 방이 없어 어쩔 수 없이 선택한 곳이다.

"생각보다 괜찮은데? 호텔하고는 또 다른 맛이 있네."

"그러게."

방은 마치 오래된 가옥처럼 운치가 있었고, 청결하고 아늑한 분위기가 매력적이었다.

한 가지 단점은 원룸 투 베드라는 것.

다행히 샤워실과 화장실이 따로 떨어져 있어 서로 얼굴을 붉히는 일은 없었다.

슬아는 옷가지와 화장품 등의 생활용품을 캐리어에서 꺼냈다. 그러다 뭔가 떠올랐다는 듯 윤우에게 물었다.

"데이비드 박사님한테 연락 온 거 있니?"

윤우는 침대에 누워 휴대폰을 만지작거리고 있었다. 그 상태로 대답했다.

"아니, 아직. 기다려 봐야지."

"잘 될 거 같아?"

"반반? 차성빈 선생님이 어떤 카드를 쥐고 있는지 모르거든. 모 아니면 도지."

고개를 끄덕인 슬아는 갈아입을 옷을 챙겨 샤워실로 향했다. 샤워를 끝내고 돌아왔을 땐 윤우가 침대 위에서 곤히 잠들어 있었다.

슬아는 휴대폰을 치우고 감기에 걸리지 않게 이불을 그의 가슴께까지 잘 덮어 주었다. 그리고 머리맡에 앉아 한참동안 그의 얼굴을 바라보았다.

슬아가 손을 뻗었다. 방향은 윤우의 얼굴이다.

하지만 끝내 손이 그의 얼굴에 닿지는 않았다. 손을 뻗으면 닿을 거리에 있지만 만질 수 없는 사람이었다. 슬아는 쓸쓸히 웃으며 침대에서 일어섰다.

그렇게 시간이 흘러 4월 초입.

윤우와 슬아가 탄 비행기가 인천국제공항에 안착했다.

"윤우야!"

게이트를 빠져 나오는데 누군가가 손을 흔들었다. 윤우의 입가에 미소가 걸렸다. 가연이가 첫째 딸 하은이를 안고 마중을 나온 것이다.

"홀몸도 아닌데 왜 여기까지 나와 있어? 힘들게."

"하은이가 아빠 보고 싶다고 보채서 말야. 하은아. 아빠 왔네? 다녀오셨어요 해야지. 응?"

"우우웅!"

"우리 하은이. 아빠한테 올래?"

아직 어려서 말을 잘 하지 못한다. 윤우는 하은이를 넘겨받았다. 딸애는 뭐가 그리도 좋은지 윤우의 품에서 헤헤 웃으며 버둥거렸다.

그 모습을 곁에서 보던 슬아는 가슴이 차갑게 식는 것을 느꼈다. 모든 게 꿈만 같았다. 윤우와 함께 했던 시간들이 거짓처럼 느껴졌다.

하지만 이것이 현실이었다. 슬아는 놓칠 뻔한 캐리어의 손잡이를 꽉 잡았다.

그때 가연이가 다가와 말을 걸었다.

"잘 다녀왔니?"

"응."

짧게 대답한 슬아는 먼저 돌아가겠다고 말하고 공항에서 빠져나갔다.

굉장히 쓸쓸해 보이는 슬아의 뒷모습을 지켜보던 가연이가 물었다.

"영국에서 무슨 일 있었어? 별로 기분이 안 좋아 보이는데. 싸우기라도 한 거니?"

"아무 일도 없었어. 비행기 오래 타서 피곤한 걸 거야. 출국할 때도 그랬거든."

윤우는 그 이유를 알고 있었지만 굳이 내색하지 않았다. 살다 보면 때로는 모르고 넘어가는 게 더 좋은 일도 있는 법이다. 지금처럼.

"우리도 슬슬 가자. 피곤하네."

윤우네 가족도 공항을 나섰다. 마침 리무진 버스가 다가오고 있었다. 윤우와 가연이 나란히 앉고, 하은이는 윤우의 무릎에 앉았다.

"참, 자기야. 서경석 교수님이 귀국하는 대로 전화해달라고 연락 왔었어."

"선생님이 집에까지 전화를 했어?"

"응. 자기랑 연락이 안 된다고 하더라고. 호텔방 번호 알려드리지 않은 거니? 번호 알려달라고 했는데, 왠지 미심쩍어서 나도 모른다고 했어."

역시 가연이는 눈치가 좋다. 윤우는 만족스럽게 웃으며 가연이의 머리를 쓰다듬었다.

"잘했어."

"꽤 급해 보이던데 학교에 무슨 일 있는 거 아냐?"

"대학평가 때문에 좀 시끄러울 것 같아. 평가가 안 좋으면 정원을 감축하겠다고 한 모양이더라."

"그런데 이렇게 여유롭게 있어도 돼?"

"발등에 불 떨어진 건 전임교수들이야. 계약교수인 나는 아무런 관계없어."

윤우는 휴대폰을 켰다. 그리고 서경석 교수에게 문자를 하나 보냈다.

- 선생님. 김윤우입니다. 지금 귀국했습니다. 좀 쉬고
내일 전화 드리겠습니다.

　문자를 보내자마자 전화가 걸려 왔다. 서경석 교수였
다. 씨익 웃은 윤우는 무음으로 바꾸고 다시 휴대폰을 주
머니에 넣었다. 아직 더 길들일 필요가 있었다.

NEO MODERN FANTASY STORY

뉴 라이프

NEW LIFE

Scene #68 전국 대학평가

Scene #68 전국 대학평가

다음 날 아침, 윤우는 일찍 일어나 출근 준비를 했다. 시차적응이 되지 않아 좀 힘들었지만 늘 출근하는 시간에 맞춰 센터장실에 나갔다.

그곳은 윤우의 개인 공간이지만 센터의 다른 교수들도 자유롭게 사용하도록 개방해 두었다. 안으로 들어가니 이준희 교수가 팔짱을 끼며 이쪽을 노려보았다.

뭔가, 잔뜩 불만을 품은 그런 얼굴이었다.

"도대체 무슨 일을 저지른 거예요?"

"잘 다녀왔냐고 먼저 물어보면 안 되는 건가요? 거의 이 주 만에 보는 건데. 서운하네요."

"저기 선생님. 지금 농담할 때가 아니라고요! 선생님

237

안 계신 동안 서경석 선생님이 얼마나 날뛰었는지 모르죠? 세상에, 새벽에 전화를 해서 선생님 호텔방 전화번호가 뭐냐고 캐물었다고요!"

"고생 많았겠네요."

이준희 교수는 어이없다는 듯 윤우를 바라보았다. 한동안 말을 잇지 못했다.

"대체 서경석 선생님께 왜 번호를 안 알려준 거예요?"

"바빴습니다. 생각보다 해야 할 일이 많았어요."

대강 둘러댄 윤우는 자리에 앉았다. 그리고 가방에서 선물을 담은 봉투를 꺼냈다. 한국어문학센터 교수들에게 줄 선물로, 총 세 개였다.

"하고 싶은 말씀은 그게 다예요?"

허리춤에 손을 올린 채 이준희 교수가 윤우 앞에 섰다. 윤우가 영국에 가 있는 동안 서경석 교수는 그녀를 꾸준히 괴롭혔다. 사과라도 받아야겠다는 심산이었다.

"죄인이 무슨 할 말이 있겠습니까. 미안해요. 제가 부덕한 탓입니다."

"뭔가 사과가 사과처럼 안 들리는 건 기분 탓일까요."

"기분 탓일 겁니다. 그건 그렇고, 다른 선생님들은 아직 안 나오셨나요?"

"네. 보다시피."

"그렇군요."

윤우는 두 사람에게 줄 선물을 옆으로 밀어 두고, 상단에 '이준희 선생님'이라고 써 있는 봉투를 집어 그녀에게 건넸다.

"받아요. 약소하지만 선물입니다."

"이런 거 받는다고 화 풀리지 않는다는 건 잘 아시죠? 은근슬쩍 넘어갈 생각은 꿈도 꾸지 마세요."

"알았으니까 받기나 하세요."

못마땅한 표정을 지으면서도 이준희 교수는 선물을 받았다. 봉투를 살짝 열어보니 열쇠고리와 초콜릿, 그리고 미니어처 등 다양한 상품이 들어 있었다.

마음에 쏙 들었다. 선물을 기대하지 않은 건 아니지만, 그에게 이렇게 자상한 면모가 있는지는 몰랐다. 그래도 이준희 교수는 신중히 표정을 관리했다.

"흠, 그래서 학회는 어떠셨어요?"

"참 빨리도 물으시네요. 그래도 선물이 마음에 드신 모양입니다. 늦게나마 안부를 물어 주시니."

이준희 교수는 뚱한 표정으로 윤우를 바라보기만 했다.

아무래도 기분을 풀어주기 위해서는 꽤 오랜 시간이 필요할 것 같다. 윤우는 한숨을 내쉬며 설명했다.

"나쁘지 않았습니다. 동경대의 류헤이 교수와 북경대의 왕명국 교수와 이야기를 나눴어요. 협약 제안까지는 가지 못했지만 다음에 우리 센터에 방문하기로 약속을 했습니다."

"류헤이라는 사람은 꼭 잡아야겠네요. 지금 아시아 지역에서 유독 취약한 게 일본이잖아요."

윤우는 고개를 끄덕였다. 그리고 설명을 계속 이어갔다.

"더 중요한 건 유럽 진출 기회가 생겼다는 겁니다. 케임브리지 대학의 데이비드 박사와 꽤 구체적으로 야이기를 나누고 왔어요."

"정말요? 구체적이라면 어떤 수준인데요?"

"우리는 오픈코스웨어 시스템을 제공하고, 케임브리지 대학에서는 한국어 과정을 개설해 주는 것으로 제안했어요. 아직 답은 오지 않았어요."

"과정이라면…… 정식 학과는 아닌 거네요?"

"그렇죠."

"뭔가 손해 보는 느낌인데."

확실히 그랬다. 정식 학과가 아니라면 인정받을 수 있는 게 없으니까. 학원에서 수업을 듣는 것과 다를 바가 없다.

"뭐, 첫술에 배부를 수는 없죠. 유럽 대학에는 문화적인 편견이 여전히 남아 있습니다. 한류 열풍이라도 불지 않는 한, 한국에 대한 관심은 미미할 거예요. 그래도 한 발자국이라도 내딛었다는 게 중요하겠죠."

이준희 교수는 고개를 끄덕였다. 납득했다는 표정이었

다. 윤우는 컴퓨터를 켜고 밀린 메일을 확인했다.

그런데 이준희 교수는 뭔가 할 말이 남았는지 자리를 떠나지 않고 있었다.

"그나저나 선생님. 너무 태연하게 앉아 계신 것 같아서 말씀드리는 건데…… 대학평가에 대한 건 들으셨죠?"

"서경석 선생님께 전화로 들었습니다. 이사회에서 정원 감축 이야기까지 나왔다면서요."

"이대로라면 정원 감축은 피할 수 없을 거예요. 그런데 뭐라고 대답하셨어요?"

이준희 교수도 눈치가 빠른 사람이었다. 한국어문학센터를 이용한다면 학과평가를 유리하게 받을 수 있다는 것을 알고 있었다.

"별말 안했어요. 그냥 전임교수들끼리 알아서 하라고 했죠."

"네에?"

이준희 교수는 입을 떡 벌렸다. 계약직 교수 따위가 학과장에게 그런 말을 했다는 것 자체가 믿기지 않았다.

"자, 잠깐만요! 그러다 선생님 잘리면 어쩌시려고요?"

"쉽게 못 자를 거 알고 그러는 거예요. 지금까지 전 선생님들이 못되게 굴어도 그냥 눈감아 주고 있었습니다. 하지만 더는 그럴 수 없어요. 저는 호구가 아닙니다."

"그런 의도로 말씀드린 건 아닌데."

"아무튼, 시간을 좀 더 끌어 볼 생각입니다. 서경석 선생님이 저자세로 나오기 전까지는 협조하지 않을 거예요."

윤우가 자리에서 일어섰다.

"어디 가시게요?"

"서경석 선생님 만나러 가야죠. 오는 길에 통화했거든요. 당장 안 가면 이쪽으로 쳐들어 올 기세더라고요."

윤우가 문을 열었다. 그는 나가기 전에 몸을 돌려 이준희 교수를 바라보았다.

"그리고 선생님께 드릴 선물은 그 봉투에 있는 것만이 아닙니다."

"네? 그게 무슨 말씀이에요?"

"기다려보면 무슨 얘긴지 알 겁니다."

씨익 웃은 윤우는 문을 닫고 밖으로 나갔다.

윤우가 노크하고 들어오자 서경석 교수가 벌떡 일어섰다. 만감이 교차하는 그런 표정으로 윤우를 맞았다.

"왜 그렇게 연락이 안 되나? 너무한 것 아닌가? 아무리 그래도 내가 자네 상관인데."

"죄송합니다. 영국에서 이것저것 일이 많았습니다. 그래도 큰 문제는 없었습니다. 한국어문학센터 일은 이준희 선생에게 위임을 했으니까요."

윤우는 '큰 문제는 없었다'는 말로 처음부터 선을 분명히 그었다. 서경석 교수에게 협조하지 않겠다는 의지를 드러낸 것이다.

서경석 교수는 인상을 찌푸렸다. 그러더니 한숨을 내쉬며 자리에 앉았다.

"앉기나 하세."

"예."

잠시 침묵이 돌았다. 서경석 교수는 담배를 꺼내 입에 물었다. 표정만 봐도 그가 얼마나 답답한지 알 수 있을 정도였다.

"자네가 원하는 게 대체 뭔가?"

"무슨 말씀인지 잘 모르겠습니다만."

"빼지 말고 얘기하게. 서로 알 것 다 아는 사이인데. 어떻게 하면 자네가 우리를 도와주겠느냐 하는 말이야. 생각을 바꿀 여지는 있지 않겠나?"

서경석 교수가 저자세를 취했다. 생각보다 일이 쉽게 풀리고 있었다. 하지만 윤우는 이렇게 쉽게 그들과 타협할 생각은 조금도 없었다.

"뭔가 오해를 하시는군요. 저는 전화로 말씀드렸듯 이번 대학평가에는 관여하지 않을 계획입니다. 오픈코스웨어 프로젝트 관련해서 케임브리지 대학과 논의 중입니다.

지금은 거기에 집중해야지요."

서경석 교수는 담배에 불을 붙이고 연기를 깊게 빨아들였다. 그리고 한숨을 길게 내쉬며 고개를 숙였다.

"미안하네. 내 이렇게 사과함세."

"사과를 하실 이유는 없습니다. 저는 그저 제 일에 최선을 다할 뿐이니까요."

"한 번만 도와주게. 응? 그럼 자네가 원하는 건 모두 수용하도록 하지. 이건 다른 교수들과 합의한 내용이야. 각서라도 쓰라면 쓰겠네."

서경석 교수가 힘주어 말했다.

윤우는 문득 궁금증이 들었다. 왜 이 사람들은 자존심을 버려 가면서까지 학과를 위해 움직이려는 걸까.

"질문 하나 드려도 되겠습니까?"

"뭐든지."

"대학평가가 낮게 나온다는 보장도 없고, 정원이 감축된다고 해서 우리 과가 없어지는 것도 아닙니다. 그런데 왜 그렇게 정원 감축에 민감하신 겁니까?"

서경석 교수는 말없이 담배를 빨았다. 그러더니 담배를 재떨이에 비벼 끄고 한숨을 내쉬었다.

"이런 이야기를 들으면 비웃을지도 모르겠군. 다른 이유는 없어. 여기가 우리들의 모교이기 때문이야."

"모교요?"

"그래. 자네야 한국대 출신이니 잘 모르겠지만, 우리는 이곳에서 배우고 커왔네. 그렇기 때문에 정원이 줄어드는 게 단순히 숫자가 줄어드는 것 이상의 의미가 있는 거야. 우리의 자존심이 걸린 문제이기도 하고."

"그렇습니까."

서경석 교수는 창밖을 그윽히 바라보았다. 윤우는 그 진지한 태도가 마음에 들었다. 만약 다른 이권 때문에 대학평가에 신경을 쓰는 거라면 윤우는 조금 더 시간을 끌었을 것이다.

잠시간의 정적이 끝나고 윤우가 입을 열었다.

"아까 하신 말씀으로 돌아가 보죠. 제가 원하는 것은 모두 수용해 주겠다고 하셨습니다. 맞습니까?"

"내가 할 수 있는 선에서라면 뭐든."

"마침 한 가지 조건이 있습니다."

"말해 보게."

"이준희 선생님을 전임교수로 올려 주십시오."

순간 연구실 안에 침묵이 돌았다. 전혀 예상치도 못한 요구였다. 자신의 이익을 챙기기도 바쁠 텐데 왜 남을 신경 쓴단 말인가.

서경석 교수의 눈매가 날카로워졌다. 윤우는 그저 의연히 그를 바라볼 뿐이다.

"덧붙여 이준희 선생께는 제가 이런 요구를 했다는 걸

비밀로 해 주십시오. 그리고 각서는 따로 쓰시지 않아도 괜찮습니다. 전 선생님을 믿으니까요."

"알겠네. 고민해 보도록 하지."

"시간이 얼마 없을 겁니다. 긍정적인 답변을 기다리겠습니다."

윤우는 인사를 하고 밖으로 나왔다. 그리고 품에 넣어 둔 녹음기를 정지시켰다. 증거는 이것으로도 충분했다.

윤우와 서경석 교수와의 밀담이 오간 지도 일주일이 지났다. 한국어문학센터는 여느 때처럼 바쁘게 돌아갔다.

'이제 슬슬 입질이 올 때가 됐는데. 대학평가단 방문까지 앞으로 1개월 남았어. 내일까지가 데드라인이라고 봐야 해.'

달력에 시선을 고정한 윤우는 팔짱을 끼며 생각에 잠겼다. 그때 신임 조교 김준호가 서류를 들고 윤우의 자리로 왔다.

"센터장님. 오전에 팩스로 온 건데요. 검토를 해 주셔야 할 듯합니다."

"고마워."

서류를 넘겼지만 김준호는 자리에서 떠나지 않았다. 윤

우는 고개를 갸웃하며 그를 바라보았다.

"할 말이라도 있나?"

"부탁드릴 게 하나 있어서요."

윤우는 고개를 끄덕였다. 그러자 김준호가 조심스레 청했다.

"저 석사논문 계획을 세워야 하는데요. 계몽소설에 대해 써보려고요. 선생님께서 식민지 시대 소설론을 전공하셨다고 들었는데, 혹시 도움을 좀 받을 수 있을까요?"

"그래? 흥미로운 테마를 잡았구나. 일단 대강이라도 계획을 세워 와 봐. 그때 같이 이야기 해 보자."

"감사합니다!"

김준호도 조교이기 이전에 대학원생이었다. 한국 최고 학부 출신인 윤우를 마음속 깊이 존경하고 있었다. 이번에 조교에 지원한 것도 윤우에게 도움을 받고 싶어서였다.

탕!

그때 센터 문이 벌컥 열렸다. 모든 사람들의 시선이 그쪽을 향했다. 이준희 선생이 숨을 가쁘게 내쉬며 안으로 뛰어 들어왔다.

"선생님!"

얼굴이 빨개진 이준희 교수가 윤우의 책상으로 달려왔다. 뭔가 급한 일이라도 있는 모양이다.

"왜 그렇게 호들갑이에요? 뭐 좋은 일이라도 생겼어요? 설마 애인이라든가."

주변에 있던 윤정민, 윤성순 교수와 김준호 조교가 동시에 웃음을 터트렸다. 이준희 교수는 고개를 세차게 가로저었다. 그러더니 함박웃음을 짓는다.

"그런 시시한 이야기가 아니라고요! 듣고 놀라지 마세요. 서경석 선생님이 이번 전임교수 채용 공지 나가면 지원해 보라고 하셨어요!"

윤우는 모른 척 축하를 건넸다.

"정말요? 축하드려요."

"오, 그거 잘 됐네요. 드디어 이준희 선생님도 빛을 보시려나 봅니다."

"좋은 소식 기다리겠습니다."

다른 선생들도 이준희 교수에게 축하를 보냈다. 그럴 만도 했다. 학과장이 전임교수 채용에 지원해보라고 한 것은, 밀어주겠다는 것과 다를 바가 없기 때문이다.

윤우는 회심의 미소를 지었다.

'서경석 선생이 약속을 지킨 것 같군. 그럼 이제 슬슬 움직여볼까?'

윤우가 향한 곳은 서경석 교수의 연구실이었다. 마침 서경석 교수는 연구실에 있었다.

"방금 이준희 교수에게 들었습니다. 약속을 지키셨더

군요."

"그래. 그 정도야 어려운 일은 아니니까. 하지만 총장
면접까지는 책임질 수 없네."

"걱정 마세요. 그건 제 선에서 해결하겠습니다."

"그런데 하나만 묻지. 왜 다른 사람도 아니고 이준희
선생인가? 설마……."

서경석 교수의 표정이 야릇해졌다. 그 표정이 의미하
는 바는 분명했다. 윤우는 노골적으로 불쾌한 표정을 지
었다.

"이상한 상상은 그만 두시죠. 이준희 선생은 우리 국문
과에 꼭 필요한 사람입니다. 놓치면 큰 손해가 될 겁니
다."

"그렇군. 오해는 말게. 혹시나 해서 물어본 거니까."

윤우는 자리에 앉았다. 편하게 다리를 꼬고 서경석 교
수와 대면했다. 이미 이 싸움은 윤우가 주도하고 있었
다.

"슬슬 대학평가 준비를 해보려고 합니다."

"듣던 중 반가운 소리군. 우리가 도와줄 일은 없나?"

윤우의 눈이 반짝였다.

"12평 이상의 공간 두 개를 준비해 주십시오. 가급적이
면 문리관 7층이 좋겠네요. 국문과 관련 공간이 다 이곳
에 모여 있으니까요."

윤우의 요구에 서경석 교수는 난처한 표정을 지었다.

"공간 확보엔 시간이 좀 걸릴 거야. 하나도 아니고 둘씩이나 얻는 건 어렵네."

"선택의 여지가 없습니다. 적어도 내일 모레까지 어떻게든 처리해 주세요. 선생님 정도라면 충분히 가능할 거라고 생각합니다."

신음소리를 내며 방법을 고민하던 서경석 교수가 이내 고개를 끄덕였다. 윤우의 말이 맞았다. 선택의 여지가 없는 일이다.

"한번 힘을 써 보도록 하지. 그런데 용도를 알아야겠는데. 뭐에 쓰려고?"

"멀티미디어실을 만들 겁니다."

"멀티미디어실?"

"방송용 카메라 두 대를 설치해서 어학실습 및 아나운서 교육을 진행할 겁니다. 물론 프로젝터도 설치해 시청각자료를 감상하는 공간으로 이용할 수도 있겠죠."

대학평가지표 중 하나인 교육여건 부문을 개선하려는 의도였다. 방송용장비가 있다면 한국어교육센터에서도 교육 목적으로 이용할 수 있으니 낭비는 아니었다.

서경석 교수는 내심 감탄했다. 그의 머리로는 상상조차 하지 못할 일이었다.

서경석 교수가 머릿속으로 주판을 튕겨보기 시작했다.

"방송용 카메라에 프로젝터까지 추가한다면 돈이 꽤 들겠군."

"그게 끝이 아닙니다. 동영상 편집용 컴퓨터도 몇 대 들여놔야 할 겁니다. 모니터와 사운드 시스템까지 설치하려면 큰 액수가 들겠지요. 하지만 돈은 걱정하지 않으셔도 됩니다. 명성학원의 투자금을 끌어 쓰면 되니까요."

"선뜻 투자금을 내 주느냐가 관건이겠군. 그런데 나머지 공간 하나는 무슨 용도인가?"

"국문과 전용 도서관입니다. 두 공간 중 제일 넓은 공간에 설치할 겁니다. 각 선생님들께 기증할 수 있는 도서를 모아 달라고 요청해 주세요. 장서가 많을수록 좋습니다."

"흐음."

서경석 교수는 턱을 쓸어 만졌다. 만족스럽지 못한 얼굴이었다.

윤우의 계획은 기대 이상으로 훌륭했다. 하지만 냉정하게 평가했을 때 이것만으로는 대학평가에서 우수한 결과를 얻을 수가 없다.

뭔가 획기적인 것이 필요했다. 판도를 뒤집을 수 있는 강력한 무기가.

"아무래도 살짝 부족한 느낌이야."

"당연하죠. 이건 일부에 지나지 않습니다. 대학 평가의 핵심은 국제화와 사회진출도인데, 아무래도 국문과라는 과 특성상 충족시키기가 매우 어려운 항목이죠."

서경석 교수는 고개를 끄덕였다. 실제로 윤우가 말한 두 가지는 신화대 국문과가 계속 좋지 않은 평가를 받아온 항목이기도 했다.

국문과는 한국어와 한국문학을 다루는 곳이기 때문에 국제화 지표에서 취약할 수밖에 없다. 또한 취업률이 인문대에서 낮은 편이기 때문에 여러 가지로 불리한 상황.

두 사람이 각자 생각할 시간을 가졌고, 잠시 후 윤우가 입을 열었다.

"역시 문제가 되는 건 취업률과 국제화지표겠네요."

"그렇지. 교수들의 연구실적은 우수한 편이지만……."

그나마 신화대가 '연구중심대학'을 표방한 덕에 교수들의 논문발표지수가 높은 것이 다행이었다.

'하지만 논문 발표수는 다른 과 교수들도 마찬가지로 많으니까 차별점으로 삼을 수는 없겠지.'

윤우의 머리가 빠르게 회전했다. 몇 가지 좋은 아이디어가 스치고 지나갔고, 잠시 후 그는 그중 가장 합리적인 방법을 선택했다.

'한국어교육센터가 개입한다면 이 모든 지표를 높일 수 있어. 파견 교사들과 교환학생 제도를 이용하면……그래. 그 방법이 좋겠어.'

결정을 내린 윤우가 자리에서 일어섰다. 이 계획이라면 분명 승산이 있을 것이다.

한편, 서경석 교수는 의구심에 가득 찬 눈으로 윤우를 바라보고 있다. 말을 하지 않는 이상 그가 무슨 생각을 하는지 도무지 알 길이 없었기 때문이다.

"시간이 늦었군요. 그럼 전 이만 가보겠습니다."

"벌써? 자네, 뭔가 대책은 세우고 가려는 건가?"

"너무 걱정하지 마시고 제가 부탁드린 공간 확보나 잘 부탁드립니다. 확정이 되면 따로 연락 주세요. 장비를 들여 놔야 할 테니까요."

윤우는 대답을 듣지 않고 연구실을 나섰다.

복도를 걷는 내내 추상적으로 세워둔 계획들이 그의 머릿속에서 빠르게 구체화되기 시작했다. 종합 연구동으로 돌아올 무렵엔 선명한 청사진이 완성되었다.

'이재환 원장님께 연락을 해봐야겠군. 최대한 빨리 자금을 끌어와야겠어.'

윤우는 즉시 이재환 원장에게 전화를 걸었다. 그리고 상황을 설명하고 자금 지급을 요청했다. 이재환 원장은 질문 하나 없이 오케이 사인을 내렸다.

"그리고 선생님. 영상장비 업체 거래하는 곳 있으시죠? 괜찮은 업체 하나만 소개해 주세요."

– 알았다. 네 핸드폰으로 전화하라고 얘기해 둘게. 더

필요한 건 없고?

"필요한 게 생기면 차차 말씀드리도록 할게요."

– 그래. 힘내라. 국문과 꼰대들한테 지지 말고! 명성학원 출신은 어딜 가든 1등을 해야 하는 법이야.

"알겠습니다."

전화를 끊은 윤우는 한숨을 돌렸다. 지금 문제는 이걸로 깨끗이 해결됐다. 확실히 인맥이라는 것이 큰 힘이 된다는 것을 새삼스럽게 깨달았다.

'전생이라면 생각지도 못할 일이었겠지.'

그런 생각을 하며 센터장실 안으로 들어갔는데, 이준희 교수가 입구에 어정쩡히 서 있었다.

무슨 일일까.

윤우가 그녀에게 다가갔다.

"아, 김 선생님. 마침 잘 오셨네요. 손님이 오셨어요."

"손님이요?"

윤우는 잊고 있었던 약속이 있었나 기억을 되짚어 보았다. 하지만 생각나는 것은 전혀 없었다.

윤우는 파티션으로 가려져 있는 접대 공간으로 시선을 던졌다. 누군가가 앉아 있었는데, 몸이 절반쯤 가려져 있어 얼굴을 확인할 수 없었다.

이어 이준희 교수가 귓속말로 속삭였다.

"손님이 엄청 미인이던데. 숨겨 둔 애인이라도 있으셨

던 거예요?"

"그럴 리가 있겠습니까."

윤우는 접대 공간으로 가려다가 방향을 바꿔 김준호 조교의 자리로 갔다.

"얼마 전에 파견했던 학사출신 한국어강사들 있지? 명단 정리해서 뽑아 놔."

"명단이요? 알겠습니다."

"명단은 갑자기 왜 뽑으시려는 거예요?"

이준희 교수가 끼어들었다.

"우리가 파견한 연수생들을 우리 쪽 계약직으로 채용할 거예요. 4대 보험 가입해야 하니 선생님이 서류 작업 좀 도와주셔야겠습니다."

"갑자기 계약직이라니…… 활동지원금으로도 충분하잖아요? 아, 잠깐. 혹시 취업률 때문에 그러시는 건가요?"

확실히 이준희 교수는 총명한 여자였다. 윤우는 고개를 끄덕였다.

"모두 행정조교로 채용하는 꼼수가 있긴 하지만, 해외파견 쪽으로 방향을 선회하는 게 대외활동 항목에서 좋은 평가를 받을 테니까요."

"멋진데요? 누구 머리에서 나온 아이디어예요? 설마 서경석 선생님은 아닐 테고. 역시 김 선생님이신가요?"

이번에 파견된 졸업생들은 대부분 신화대학교 국문과

출신이었다. 이들을 모두 채용하게 되면 취업률이 비약적으로 상승하게 된다.

'아마 80퍼센트는 가뿐히 넘어갈 거야. 작년 국문과 취업률이 35퍼센트였으니 굉장한 성장이겠어.'

이것이 윤우가 준비한 비장의 무기였던 것이다. 하지만 그의 무기는 하나 더 있었다.

"그리고 이 선생님. 우리와 협약을 맺은 동남아시아 각 대학들에 공문을 보내서 교수와 학생을 보내줄 수 있는지 알아봐 주세요. 관련 절차는 서경석 교수님과 협의하면 됩니다."

"잠깐, 잠깐만요. 너무 한꺼번에 일이 많아지잖아요. 하나씩 천천히 할게요."

윤우가 엄중히 말했다.

"시간이 많지 않습니다. 계약직 채용 건은 조금 미루더라도 각 대학에 보낼 공문은 서둘러 주세요. 출국 절차를 밟으려면 그쪽도 시간이 걸릴 겁니다."

"알았다구요."

이준희 교수는 투덜거리면서도 재빨리 자신의 자리로 돌아가 컴퓨터를 조작했다. 윤우는 김준호 조교에게 더 해야 할 일을 지시하고 자리로 돌아왔다.

'아차, 손님이 왔다고 했었지?'

업무 지시를 내리느라 잠시 잊고 있었던 것을 떠올린

윤우.

혹시 가연이가 온 게 아닌가 싶어 서둘러 접대 공간으로 걸어갔다. 파티션 안으로 들어가니 의외의 손님이 차를 마시며 앉아 있었다.

"늦었네."

슬아였다. 여성 정장을 입고 있었는데, 이지적인 미모가 머리부터 발끝까지 한가득 묻어 있었다. 슬아는 미간을 좁히며 윤우를 노려보았다.

"뭐니? 그 눈빛은. 가연이라도 온 줄 알았던 거니?"

"실은 그래. 정말이지 네 눈은 못 속이겠구나."

윤우는 한숨을 내쉬며 소파에 몸을 기댔다. 슬아가 센터장실에 온 것은 이번이 처음이었다. 그래서 그런지 평소보다 더욱 반갑게 느껴졌다.

윤우가 물었다.

"그런데 여기까진 무슨 일이야? 연락도 없이."

"근처에 볼일이 있다가 생각나서 들렀어. 전해 줄 말도 있고."

"그래? 일단 인사부터 하지. 소개해 줄 사람이 있어. 이준희 선생님. 잠깐 이쪽으로 와 보세요."

평소라면 바쁜데 왜 부르냐고 한 마디 쐈을 터지만, 손님 앞이라 그러지 못했다.

이준희 교수는 퉁명스러운 표정으로 슬아를 바라봤다.

뭔가 마음에 들지 않는 여자다.

윤우가 소개를 시작했다.

"이쪽은 한국대 영문과의 윤슬아 교수입니다. 제 오랜 친구이기도 해요. 앞으로 우리 센터 일을 많이 도와줄 겁니다. 친하게 지내도록 하세요."

"안녕하세요. 이준희입니다. 그런데 우리 센터 일을 돕는다니요? 금시초문이네요."

이준희 교수는 묘한 눈빛을 슬아에게 보냈다. 견제하고 있는 것이다. 하지만 슬아는 여유가 넘쳤다.

"헛소리니까 신경 쓰지 않으셔도 돼요. 이 친구, 가끔 그럴 때 있어요."

"다른 선생님도 계신데 그렇게까지 얘기해야겠어?"

"애초에 네가 이상한 말을 하지 않으면 되잖니."

슬아가 깔끔히 마무리하자 윤우는 할 말을 잃었다. 그때 이준희 교수는 눈매를 좁히며 의혹의 눈길을 보냈다.

"두 분, 꽤 사이가 좋아 보이시네요?"

"김 선생 와이프하고도 친구 사이에요. 꽤 인연이 길죠."

"그러셨구나. 아무튼 만나서 반가웠어요. 전 일이 많아서 이만 실례할게요."

그렇게 두 사람이 인사를 마쳤다. 왠지 매끄럽지 못한 첫 만남이었다. 윤우는 이 두 사람이 가까워지려면 오랜 시간이 필요할 것 같다는 예감을 받았다.

다시 소파에 몸을 기댄 윤우가 물었다.

"그래서, 해줄 말이라는 게 뭐야? 얼마나 대단한 일인데 네가 직접 온 건지 감도 안 잡힌다."

"데이비드 박사님께 연락 안 왔지?"

윤우는 고개를 끄덕였다. 그때 김준호 조교가 윤우가 마실 차를 준비해 주었다. 윤우는 손을 들어 고마움을 표했다.

슬아가 이어 말했다.

"아마 좋은 대답은 안 올 거야."

"차성빈 선생님이 뭔가 일을 터트리셨구나."

슬아는 고개를 끄덕였다.

"어제 얼핏 들었는데, 한국대 국문과에서 케임브리지 대학과 뭔가를 하려는 모양이더라. 영국에서 일이 잘 풀린 것 같아. 듣기로는 한국어과정이 생길 거라고 했어."

"이런, 보기 좋게 까였네."

윤우는 입맛을 다셨다. 어느 정도 예상하고 있었던 일이지만, 막상 현실로 닥치니 가슴이 쓰렸다.

'그래도 이건 시작일 뿐이야. 아직 본 게임은 시작도 하지 않았어.'

윤우는 금방 마음을 추스르고, 현재 해야 할 일들에 신경을 쓰기로 했다.

"아무튼 알아봐 줘서 고마워. 다음에 근사한 곳에서 저녁 사마."

"그리고 하나 더 해 줄 말이 있는데."

슬아는 좀 뜸을 들였다. 그녀가 이렇게 뜸을 들이는 것은 흔하지 않은 일이라 윤우는 살짝 긴장을 했다.

곧 슬아가 통보하듯 말했다.

"차성빈 선생님이 정식으로 나한테 요청해 왔어. 인문과학센터 설립에 도움을 달라고 하더라."

NEO MODERN FANTASY STORY

뉴 라이프
NEW LIFE

Scene #69 목표를 위한 한 걸음

Scene #69 목표를 위한 한 걸음

이제 첫 돌이 막 지난 하은이가 거실을 기어 다니고 있다. 장난감 자동차를 손에 쥐더니 배시시 웃으며 앉아 그것을 만지작거린다.

윤우는 근처에 앉아 귀여운 딸의 모습을 보고 있었지만, 표정이 밝지가 않았다.

가연이가 과일을 그릇에 담아 윤우의 앞에 내려놓았다. 그리고 윤우의 얼굴을 넌지시 바라본다.

"왜 그러고 있어? 표정이 좀 안 좋네. 학교에서 무슨 일 있었니?"

"아니, 아무것도. 그냥 좀 생각할 게 있어서."

"생각할 게 있다는 건 무슨 일이 있다는 뜻이잖아."

"한국대 출신 마누라라 그런지 눈치도 수준급이구나."

윤우는 그렇게 농담하며 가연의 머리를 쓰다듬었다. 자연스레 그녀의 배 쪽으로 시선이 간다. 이제 누가 봐도 임산부라는 것을 알 수 있을 정도로 부풀어 있다.

윤우는 대체적으로 혼자서 고민하고 해결하는 편이었다. 게다가 지금은 아내의 태교가 중요할 때다. 윤우는 그녀에게 조금의 걱정도 끼치고 싶지 않았다.

"신경 쓰지 마. 학교 일이니까."

"자기 일은 내 일이기도 해. 우린 부부잖아?"

가연은 딸기를 하나 포크로 찍어 윤우의 입에 넣어 주었다. 윤우는 그녀의 배려가 고마웠다.

사실 윤우가 고민하는 것은 슬아 때문이었다.

차성빈 교수가 슬아에게 제안을 할 거라는 건 어렴풋이 짐작하고 있었다. 그녀는 해외파인데다가 우수했다. 국제 학술경험도 많으니 큰 전력이 될 것이다.

문제는 윤우도 그녀에게 도움을 청하려 했다는 점이었다. 슬아를 한국어문학센터의 자문교수로 위촉해 그녀와 함께 해외진출을 모색해 보려고 했다.

슬아는 아직 차성빈 교수와 함께할지 결정을 내리지 않은 상황.

'내가 도와달라고 하면 슬아는 분명 날 도와줄 거야. 하지만…… 그게 바람직한 일일까? 사적인 감정을 이용

264 NEW
LIFE 7

하는 거나 다름없는데. 어쩌면 차성빈 선생 일을 도와주는 게 슬아 인생에 더 도움이 될 수도 있고.'

그래서 윤우가 고민을 하고 있는 것이었다.

윤우도 슬아가 아직 자신을 잊지 못했다는 것을 잘 안다. 그러한 사적인 감정이 선택에 영향을 미친다면 결국 슬아를 이용하는 꼴이 되어 버리기 때문에 거부감이 들었다.

그렇게 윤우가 고민을 계속할 무렵 전화벨이 울렸다.

발신자는 슬아였다.

통화는 길지 않았다. 몇 마디 나누고 전화를 끊은 윤우는 휴대폰을 가만히 내려다보았다.

'이 늦은 시간에 무슨 일로?'

윤우는 무슨 일이냐고 물었지만 슬아는 일단 밖으로 나오라고만 답했다. 집 앞이라는 말에 거절할 수가 없었다.

곁에 있던 가연이가 고개를 갸웃하며 물었다.

"누군데 그래? 여자 목소리인 것 같은데. 숨겨둔 애인?"

왠지 농담 같지 않은 농담이었다. 흠칫 놀란 윤우는 고개를 가로저었다.

"아니, 슬아야. 집 앞에 와있다는데?"

"이 늦은 시간에? 급한 일이라도 생긴 거야?"

"아니, 그런 건 아닌 거 같은데."

"그럼 들어와서 차나 한잔 마시고 가라고 해. 여기까지 왔는데 밖에서 기다리게 하는 건 좀 그렇지 않아?"

"일단 나가서 얘기해 볼게. 하은이랑 놀고 있어."

가연은 안방으로 들어가 윤우가 입을 겉옷을 준비해 주었고, 윤우는 그것을 걸치고 밖으로 나갔다.

여름을 예고하듯 벌써부터 더운 바람이 불어왔다. 밖은 어느새 어둠이 깔려 있었다. 드문드문 켜진 가로등의 불빛만이 세상을 밝히고 있다.

대문을 열고 나가니 바로 정면에 검은색 고급 외제차가 보였다.

환하게 불이 켜진 운전석에 슬아가 앉아 있었다. 두 사람의 눈이 마주쳤고, 윤우는 운전석으로 가 창문을 두드렸다. 곧 창문이 스르륵 내려왔다.

"들어가자. 가연이가 들어와서 차 한 잔 하고 가라는데."

"됐어. 늦었는데 실례지."

"우리 사이에 실례될 게 뭐 있어?"

슬아는 살짝 웃었다. 보기 드문 그런 미소였다. 오늘은 왠지 기분이 좋아 보인다. 오래도록 그녀와 함께 한 윤우는 분명 그렇게 느꼈다.

슬아가 말했다.

"일단 타. 할 얘기 있으니까."

"정말 안 들어갈 거냐?"

슬아가 고개를 끄덕이자 윤우는 한숨을 내쉬며 보조석에 올라탔다.

차 안에는 은은한 향기로 가득 차 있었다. 기분 좋은 그런 향기. 어딘가 익숙한 향이라고 느꼈는데, 생각해보니 슬아의 몸에서 나는 향과 비슷했다.

슬아는 보조등을 껐다. 그러자 차 안이 어둠에 휩싸였다. 조용하니 분위기가 좋았다.

"다른 일 때문은 아니고, 네가 지금쯤 선택장애를 겪고 있을 것 같아서 왔어."

"선택장애라니…… 좀 심하다?"

말은 그렇게 했어도 왠지 슬아라면 그럴 것 같았다. 그녀라면 충분히 자신이 고민하고 있다는 걸 알 것이다. 오래도록 함께했으니까.

잠시 뜸을 들이던 슬아가 계속 말했다.

"무슨 고민하고 있는지 알아. 내가 널 마음에 두고 있으니까, 부탁하면 내가 거절할 수 없을 거라고 생각하고 있겠지. 그렇지?"

슬아가 자신의 속마음을 아무렇지도 않게 말했다. 간접적인 표현이긴 해도, 그것은 윤우를 좋아하고 있다는 말과 전혀 다를 게 없었다.

내심 놀란 건 슬아도 마찬가지였다. 여기에 오기 전에 많은 연습을 했지만, 이렇게 자연스럽게 말이 나오리라고는 본인도 생각지 못했다.

윤우는 대답 없이 슬아를 가만히 바라보기만 했다. 이내 슬아가 어색하게 웃었다.

"방금 얘기는 심각하게 받아들이진 마. 아무튼, 그래도 우린 친구잖아. 그것도 무척 가까운. 생판 모르는 사람보다 친구를 먼저 도와주는 게 인지상정 아닐까?"

"그렇게 생각해 준다면 고맙지. 하지만⋯⋯."

슬아가 그의 말을 끊었다.

"애초에 내 선택은 정해져 있었으니까 설득할 생각은 하지 마. 언제 날 잡아서 한국어문학센터 교수들이랑 정식으로 인사시켜 줘."

단호했다.

그렇다면 슬아를 설득하는 것은 불가능하다. 윤우는 고개를 끄덕이며 그녀의 제안을 받아들였다. 생각보다 쉽게 문제가 해결되니 답답했던 가슴이 개운해졌다.

"근데 왜 차 선생님에게 제안을 받았다고 얘기한 거냐?"

"몸값 좀 높이려고."

그녀의 농담에 윤우는 피식 웃었다. 윤슬아답지 않은, 아니 어쩌면 '진짜' 윤슬아의 모습을 보는 것 같아 웃음이 나왔다.

슬아가 이어 말했다.

"그리고 하나 제안이 있는데."

"말해 봐."

"가만 생각해 보니까 센터에 사람이 많은 게 좋을 것 같거든. 승주도 센터에 합류시키는 건 어때?"

"승주?"

"여러모로 활용할 기회가 있을 거야. 예전에 한국인 건으로 너랑 손발도 많이 맞췄으니 도움이 되겠지. 어때?"

그건 윤우도 생각하지 못한 것이었다. 일단 승주는 아직 대학원생이고, 최근 시간강사로 지방대학에 출강하면서 많이 바빴으니까.

하지만 슬아가 괜한 이야기를 꺼내지는 않았을 것이다. 윤우는 신중하게 슬아의 제안을 검토해 보기로 결정했다.

"생각해 볼게. 그 녀석 의사도 들어봐야 하니까. 그럼 내일 출근하자마자 너 자문교수로 올리는 작업 시작하마. 교무과에서 연락이 갈 수도 있을 거야."

"그래."

그때 누군가 창문을 톡톡 두드렸다. 슬아가 버튼을 눌러 창문을 내려보니, 가연이가 하은이를 안고 나와 있었다.

"슬아 이모 왔다. 하은아 인사해야지?"

"우우웅!"

"하은이 안녕? 오랜만이네."

슬아는 생긋 웃으며 하은의 볼을 어루만졌다. 하은이는 슬아를 좋아했다. 슬아만 보면 그녀의 품에 안기려고 발버둥을 쳤다.

지금도 그랬다. 하은이가 손을 뻗어 자신에게 오려고 하자, 슬아는 차에서 내려 아기를 받아들고 어르기 시작했다. 어느새 윤우도 나와 가연이 옆에 섰다.

하은이를 안은 채로 슬아가 가연에게 사과했다.

"밤늦게 미안해. 학교 일 때문에 상의할 게 있었어. 다음부터는 이런 일 없을 거야."

"친구끼리 뭘 미안해? 모르는 사이도 아니잖아. 얘기 끝났으면 같이 들어가자. 좋은 찻잎을 얻어놨거든. 마음에 들 거야."

"그러자."

슬아는 너무나도 쉽게 가연의 제안을 받아들였다. 왠지 그 모습을 보니 윤우는 허탈감을 느꼈다. 그래도 두 사람이 친하게 지내는 모습은 보기 좋았다.

2011년 5월, 신화대학교에서 정기 대학평가가 시작됐다.

국문과가 가장 먼저 평가를 받았다. 입학코드가 01이기 때문이다. 10명의 전문위원으로 구성된 평가단이 문리관 7층에 내려섰다.

분위기가 엄숙했다. 하나같이 범상치 않은 분위기를 풍겼다. 엘리베이터에서 내린 전문위원들이 주변을 둘러보며 안경을 고쳐 썼다.

그 앞에서 기다리고 있던 윤우가 깍듯이 인사했다.

"어서 오십시오. 이번 평가를 총괄하게 된 특임교수 김윤우입니다."

"평가단장 송명준이오."

송명준이 무뚝뚝하게 악수를 건넸다. 차가운 인상의 소유자였다.

그는 수년간 국내 대학평가를 책임져 온 실세였다. 교육부 산하 대학교육평가원의 원장을 맡고 있기도 하다. 깐깐하기로 소문난 사람이다.

하필 신화대 평가단장이 송명준이라니. 윤우는 속으로 내심 탄식했다. 하지만 윤우는 자신이 있었다. 모든 준비를 신속하게 마무리했으니까.

송명준이 의문스러운 표정으로 물었다.

"그런데 특임교수라니, 좀 이상한데? 특임이라면 계약교수일 텐데, 왜 국문과 전임교수가 평가를 총괄하지 않는 거요?"

"제가 이번 국문과 교육여건 개편작업을 책임졌기 때문입니다. 실무를 담당했기 때문에 평가단 여러분들께 정확한 정보를 드릴 수 있을 겁니다."

"그런가?"

초면에 하대하는 것이 마음에 들지 않았지만 그는 '갑'이었다. 윤우는 자신 있는 미소를 보였다. 하지만 송명준은 달랐다. 젊은이의 객기라고 생각했다.

"그럼 앞장서시오. 우선 교육시설부터 둘러보도록 하지."

"이쪽으로 오시죠."

윤우는 우선 멀티미디어실로 평가단을 인도했다. 문을 열고 안으로 들어가니, 4학년 전공학생들이 장비를 조작하며 실습에 임하고 있었다.

"녹화 들어갑니다. 4, 3, 2, 1. 큐."

큐사인과 동시에 카메라가 돌아갔다. 푸른 방송용 스크린 앞에 앉은 여학생이 카메라를 보며 또박또박한 목소리로 발음을 시작한다.

"안녕하십니까. 신화대학교 이나윤입니다. 오늘 전해드릴 뉴스는……."

동시에 평가단 전문위원들 사이에서 자그마한 소란이 일었다.

"이런 시설이 있을 줄이야."

"인상적이네요."

가장 인상적인 부분은 이 모든 과정이 학생들의 손으로 이루어지고 있다는 점이었다.

윤우가 설명을 이어갔다.

"이 뒤쪽을 보시죠. 각종 영상장비가 설치되어 촬영을 컨트롤하고 있습니다."

맨 뒤에는 여러 모니터가 설치되어 있어 각도별로 여학생의 모습을 비춰주고 있었다. 그 오른쪽으로는 음향을 조절하는 이퀄라이저가 붙어 있었다.

평가단 전문위원들이 호기심어린 눈으로 이 과정을 모두 지켜보았다. 반면 평가단장 송명준은 무미건조한 표정을 일관했다.

한참 후 그의 입에서 한 마디가 떨어졌다.

"나쁘지 않군."

성공이다.

윤우는 그렇게 생각하며 설명을 덧붙였다.

"아나운서는 물론, 기자나 각종 리셉션에 대비할 수 있는 인력을 키울 수 있는 공간이라고 할 수 있겠네요. 우리나라에서 이정도 설비를 갖춘 국문과는 아마 없을 거라고 자부합니다."

"나도 이런 시설은 처음이야."

"저도요."

평가위원들이 모두 고개를 끄덕였다. 신문방송학과라면 모를까, 국문과에서 이렇게 파격적으로 투자를 한 경우는 지금까지 없었다.

"자, 그럼 다음 장소로 가보실까요?"

윤우는 다음 장소로 평가단을 인솔했다. 바로 옆방에 위치한 국문과 전용 도서관이었다. 섹션별로 책꽂이가 들어서 있었고, 다양한 장서가 그곳에 비치되었다.

이후로도 윤우는 새롭게 개편한 세미나실과 각종 학생 편의시설을 소개했다. 평가단 전문위원들은 흥미를 보이면서도, 이동하는 내내 엄중히 시설을 평가했다.

일정은 한 시간 뒤에 모두 마무리되었다. 나머지는 서류로 평가를 받게 된다. 윤우는 그들이 회의실을 사용할 수 있도록 국문과 세미나실로 그들을 안내했다.

상석에 앉은 송명준이 지나가듯 질문을 꺼냈다.

"그런데 신화대 국문과의 취업률은 얼마나 되오?"

"일주일 전 집계해 본 바로는 92퍼센트입니다."

"92퍼센트?"

"그렇습니다. 자세한 건 이미 제출한 서류를 검토해 보시면 될 겁니다."

윤우의 대답에 위원들이 모두 깜짝 놀랐다. 특수학과가 아닌 이상에 50퍼센트도 넘기 힘든 것이 바로 취업률이다. 그런데 비인기학과인 국문과가 92퍼센트를 기록

하다니.

이쪽으로 잔뼈가 굵은 송명준이 날카롭게 물었다.

"편법을 쓴 건 아니겠지? 가령 졸업예정자 학생들을 전원 행정조교로 취업시킨다던가. 편법임이 밝혀지면 평가에 악영향을 미칠 걸세."

"그럴 리가요. 저희 학과에서는 학교 국제화에 앞장서기 위해 해외 어학교육단을 조직하여 동남아시아에 위치한 각 어학당에 파견했습니다. 그 과정에서 계약직원으로 채용한 겁니다. 편법은 없습니다."

"오호라, 그건 취업률과 국제화지수를 동시에 잡는 명안이군요!"

곁에 있던 다른 위원이 감탄하며 그렇게 평가하자 윤우는 미소로 화답했다. 그의 말이 정확했다.

"흐음."

송명준은 낮은 신음을 흘리며 불편한 심기를 드러냈다. 그가 손을 휘휘 젓자 윤우는 잘 부탁드린다는 말을 남기고 센터장실로 돌아왔다.

안에는 이준희 교수와 김준호 조교가 있었다. 윤우가 들어오니 이준희 교수가 일어섰다.

"어떻게 됐어요?"

"결과를 기다려 봐야죠. 준비는 확실히 했지만, 우리가 보는 것과 그 사람들이 보는 관점이 다를 수 있으니까요."

"그렇게 애매하게 말씀하지 마시고요. 잘 될 것 같아요?"

"할 수 있는 한 최선을 다했으니 좋은 결과가 있을 겁니다."

대학평가 결과는 1개월 이후에 발표가 된다. 괜히 신경을 쓴다고 해서 평가가 달라지지는 않을 것이다. 윤우는 마음 편히 먹으라고 이준희 교수에게 조언했다.

그때 문이 열리더니 서경석 교수가 안으로 들어왔다. 윤우와 이준희 교수는 그에게 꾸벅 인사했다.

"어땠나?"

"이준희 선생과 같은 질문을 하시는군요. 나쁘지 않았습니다. 정확히 말하자면 좋은 쪽에 가까웠다고 할까요."

"후우, 그것 참 다행이군."

윤우는 빈말을 하는 사람이 아니라는 걸 알고 있었기에, 서경석 교수는 안도의 한숨을 내쉬었다. 그도 걱정을 많이 하고 있었던 모양이다.

"그런데 서 선생님."

"왜?"

"우리 학과가 인문대에서 1등을 하게 되면 정원이 늘어나게 되겠죠? 얼마나 늘어납니까?"

"지금 서른다섯 명이니, 아마 마흔 명까지 늘어나지 않을까 싶은데."

"만약 정원이 늘어나게 된다면, 다음 학기부터는 대학원 강의를 할 수 있게 좀 부탁드립니다."

"대학원 강의를?"

"예. 저도 이제 슬슬 제자를 키워야 할 것 같아서요. 학부 강의는 교양만 하다 보니 보람이 크지 않은 것 같습니다."

"그래, 뭐 그 정도야."

실은 김준호 조교 때문이었다. 윤우는 그를 조금 더 키워야겠다고 생각했다. 그러려면 강의를 하나 맡아서 제대로 교육을 해 주는 게 좋았다.

그는 학업에 열의가 있고 요즘 청년답지 않게 예의가 바르다. 많은 면에서 자신과 닮은 부분이 있으니, 나중에 크게 성공하지 않을까 싶었다.

윤우는 고개를 돌려 이준희 교수를 바라보았다.

"그나저나 우리 이 선생님 임용 건이 잘되어야 할 텐데 말이죠. 시범강의 반응은 어땠습니까?"

"다들 긍정적이었네. 큰 문제없으면 총장면접까지 올라갈 거야."

"그거 다행이군요. 축하해요. 이준희 선생님."

"감사해요."

이준희 교수는 싱글벙글 웃었다. 총장면접만 잘 치르면 꿈에 그리던 전임교수가 될 수 있다. 어쩌다 이런 행운이 오게 됐는지는 몰랐지만 말이다.

"아, 그리고 서 선생님. 우리 센터에 자문교수를 한 명 채용하려고 합니다."

"자문교수라. 어떤 사람인가?"

"한국대 영문과의 윤슬아 교수입니다. 해외사업 쪽을 책임져 줄 겁니다."

"알겠네. 그렇게 알고 있도록 하지."

"잠깐만요. 앞으로 같이 일을 하게 될 거라는 그 말이 농담이 아니었던 거예요?"

윤우는 고개를 끄덕였다. 이준희 교수는 뭔가 못마땅한 표정이었지만, 딱히 불만을 입 밖으로 꺼내진 않았다.

대학 평가를 마친 지 1개월이 지났다.

이준희 교수는 최종전형까지 올라가 총장면접을 치렀다. 경쟁자가 두 명이었는데, 모두 한국대 출신 엘리트라 마음을 졸이며 통보를 기다리는 중이다.

"슬슬 연락이 올 때가 됐는데 말이죠."

센터장실에서 다른 교수들을 기다리고 있던 이준희 교수가 한 마디 했다. 옆에 앉아 회의 준비를 하던 윤우는 한숨을 내쉬었다.

"그 말 벌써 다섯 번째 듣네요."

"제가 그렇게 많이 말했나요?"

"저기요, 이 선생님. 그렇게 걱정한다고 해서 결과가 달라지는 않을 겁니다. 그냥 마음 편히 먹고 있으세요."

하지만 그의 충고가 이준희 교수에 귀에 들어갈 리가 없다.

"선생님은 어떨 거 같아요? 왜, 저랑 같이 면접 본 두 사람 있잖아요. 선생님 선배라고 들었는데."

"선배긴 한데 그렇게 가까운 사이가 아니라서 어떤지 잘 모르겠네요. 제가 따로 연락을 해 보진 않았습니다. 선배들이 먼저 연락을 하지도 않았고요."

실은 거짓말이었다.

두 선배는 시범강의를 통과하기가 무섭게 윤우를 찾아왔다. 그가 민경원 총장은 물론 강태완 이사장과도 가깝다는 사실을 알고 있었던 것이다.

선배들은 친근하게 안부를 물으며 간접적으로 로비를 청했다. 윤우는 그 요청을 정중히 거절했다. 필요할 때만 찾는 것은 그가 제일 싫어하는 행동이었다.

기운이 쏙 빠졌는지 이준희 교수의 어깨가 축 늘어졌다.

"한국대 출신이니 다들 실력 좋은 분들이겠죠?"

"뭐, 그렇죠. 하지만 이준희 선생님도 보통은 아니시니 너무 걱정하지 마세요."

윤우는 얼마 전 민경원 총장을 찾아가 이준희 교수의
임용을 추천했다. 이준희 교수의 프로필을 꼼꼼히 살펴본
총장도 같은 결론을 내렸다.

하지만 총장면접에는 총장 이외에도 다른 면접위원들
이 참가한다. 때문에 윤우가 도와주고 싶다고 해도 변수
가 발생할 가능성은 충분했다.

"아아. 임용이 되면 얼마나 좋을까요. 진짜 되기만 하
면 종합연구동 안을 폴짝폴짝 뛰어 다닐 텐데."

"그러다 들키면 임용 취소될지도 모릅니다."

"농담이에요."

"아무튼, 잘 되면 한 턱 근사하게 내셔야죠?"

"한 턱뿐이겠어요? 3차까지 확실하게 쏠 거예요. 다들
손에 수갑 채우고 집에 갈 생각 못할 정도로 마실 거라고
요. 우리 준호도 데리고 가야지. 준호야. 어때?"

"좋죠. 공짜 술은 언제나 환영합니다."

조교 책상에 앉아 업무를 보던 김준호가 긍정을 표했
다.

그때 문이 열리고 윤정민, 윤성순 교수가 안으로 들어
왔다. 그들은 서둘러 원탁에 앉으며 사과했다.

"늦어서 죄송합니다. 강의가 좀 늦게 끝나서요."

"괜찮습니다. 김 조교. 우리 마실 것 좀 챙겨 줘."

"예, 선생님."

윤우가 상석에 앉아 회의를 주재했다. 이번 대학평가를 대비하기 위해 초빙한 외국인 교수와 외국인 학생들의 생활 문제가 중점적으로 다뤄졌다.

이준희 교수가 각종 도표가 그려진 보고서를 보며 말했다.

"우선 기숙사 생활은 모두가 만족하고 있는 것 같아요. 마침 신축 기숙사 건물에 방이 비어있어서 망정이지, 하마터면 원성을 살 뻔했네요."

"천만다행입니다. 예산도 빠듯한 상황이라 숙소가 없었다면 곤란했을 거예요."

윤성순 교수가 한 마디 거들었다. 윤우도 그렇게 판단했는지 고개를 끄덕였다. 그리고 이준희 교수에게 추가로 지시를 내렸다.

"이번 건은 여러모로 운이 좋았다고밖에 생각할 수 없겠군요. 하루라도 더 입국이 지연됐더라면 대학평가에 참여할 수 없었을 거예요. 아무튼, 이후로도 교수와 학생들이 불편을 겪지 않도록 이 선생님이 특별히 신경 써 주세요."

"옙, 알겠습니다."

윤우의 시선이 이번에는 윤정민 교수 쪽으로 움직였다. 그는 대학원 한국어교육 전공의 주임교수였다.

"대학원 입시 현황은 어떻습니까? 이번에 석사 쪽에 학생들이 많이 몰렸다고 들었습니다."

"석사과정에 152명이 지원했습니다. 이중 외국인 지원자는 139명입니다. 외국인 비율이 91퍼센트가 넘습니다. 이는 우리의 프로젝트가 동남아시아 각 대학에서 효과를 거두고 있다는 증거이기도 하지요."

"이야, 대학본부에서 인지대(印紙代) 좀 쏠쏠하게 챙겼겠는데요?"

"그러게요. 152명이면, 대단하네요."

모두가 성공적이라고 판단했다. 대학원 1차 모집에서 152명이나 지원했다는 것은 국내에서 찾아보기 힘든 사례였다.

'모집은 3차까지 있으니, 이 기세라면 지원자가 200명을 훌쩍 넘겠어.'

윤우는 흡족한 미소를 지었다.

지원자가 많다는 것엔 여러 이점이 있다. 대학원 입학정원은 학부와는 달리 자율적으로 조절되므로, 지원자수를 근거로 전공 정원을 늘릴 수 있다.

정원이 늘어나게 되면 학위수여자가 그만큼 많아지게 되고, 신화대 출신 석박사들이 각계각층에서 활약할 기회가 많아진다. 단기간의 변화는 없겠지만 중장기적으로 학교의 발전에 큰 영향을 끼칠 것이다.

윤우가 말했다.

"일단 대학원장님과 한국어교육 전공 정원을 늘릴 수 있는지 공식적으로 논의해 보도록 하겠습니다. 아무래도 타 전공에서 반발이 있을 수 있으니 시간이 좀 걸릴 거예요. 자, 더 의견 없으십니까?"

"없습니다."

"그럼 회의는 여기까지 하죠."

회의가 끝났지만, 네 교수는 원탁에 앉아 잡담을 나누었다. 이렇게 넷이 한꺼번에 자리에 모이는 경우는 흔치 않았기 때문이다.

그때 이준희 교수에게 전화가 왔다. 액정에 뜬 전화번호를 본 그녀가 흠칫 놀랐다.

"이 번호 분명 교무과 번호인데……."

"임용 결과 나온 거 아닙니까?"

이준희 교수는 침을 꿀꺽 삼켰다. 실내가 고요해졌다. 모두가 이준희 교수의 휴대폰에 집중했다.

그녀가 화면을 터치해 전화를 받았다.

"여보세요? 네, 맞습니다. 네, 네…… 네?"

전화를 받던 그녀의 표정이 멍해졌다.

"뭐래요?"

곁에 있던 윤정민 교수가 물었다. 하지만 이준희 교수는 전화기를 귀에 댄 채 한참이나 말을 잇지 못했다.

"예, 알겠습니다……."

그녀가 전화를 끊었다. 세 남자 교수는 무슨 일인지 궁금해 그녀를 빤히 바라보았다. 영혼이 나간 사람처럼 멍하니 있기만 하는 이준희 교수.

'설마 떨어진 건가?'

그런 생각이 들 수밖에 없었다. 이준희 교수의 얼굴에 웃음기가 하나도 없었기 때문이다.

윤우는 자리에서 일어서 이준희 교수에게 다가갔다. 그리고 그녀의 어깨를 다독였다. 지금은 위로가 필요할 때였다.

다른 때보다 기대를 많이 했을 것이다. 학과장이 직접 지원을 해 보라고 독려하기도 했고, 여러 사람의 응원도 받았으니까.

"다음에 또 기회가 있을 겁니다. 아직 선생님은 젊으시잖아요."

그런데 뭔가 이상했다. 굳게 닫혀 있던 이준희 교수의 입술에 미소가 맺힌 것이다.

"선생님, 설마."

"네…… 저, 임용 확정됐대요. 야호!"

"오, 정말입니까? 축하드립니다!"

"잘 됐네요! 축하드려요."

윤우는 왠지 속은 느낌에 한숨을 내쉬었다. 그래도 해

피엔딩이라 기분은 좋다.

"완전 속았잖아요. 좋아서 그러고 있었던 겁니까?"

"고의는 아녜요. 아, 믿기지가 않아서요. 좋은 소식이 있더라도 의연히 받아들일 거라고 생각했는데. 생각처럼 그렇게 안 되더라구요."

"그래도 다행입니다. 축하해요."

"고마워요."

어느새 이준희 교수의 눈시울이 붉어지더니 눈물이 흐르기 시작했다.

그간 얼마나 힘들었을까. 영원히 끝나지 않을 것 같은 비전임교수의 터널. 그 끝이 보이는 순간이었다.

"그럼 약속대로 오늘 3차까지 이 선생님이 쏘셔야겠군요. 다들 오늘 시간 괜찮으시죠?"

윤우의 질문에 다들 고개를 끄덕였다.

"김준호 조교도 시간 내도록 해."

"예."

"고마워요. 다들……."

이준희 교수는 소매로 눈물을 닦았다.

서로의 처지를 너무나 잘 알고 있던 세 동료들은 마치 자신의 일인 것처럼 좋아했다. 이준희 교수는 웃으면서도 한참동안이나 눈물을 흘렸다.

◆

"자기야. 출근 안 해?"

윤우가 눈을 떴다. 지독한 숙취가 밀려왔다. 어제 이준희 교수의 축하파티 때문에 5차까지 달린 탓이다.

좋은 일이 있었던 만큼, 다들 주량에 신경을 쓰지 않고 신나게 마셨다. 그게 화근이었다.

"으윽."

"괜찮아?"

윤우는 인상을 찌푸리며 몸을 일으켰다. 그리고 가연이가 챙겨 준 꿀물을 단번에 들이켰다. 속이 묵직해지자 이제야 정신이 좀 돌아온다.

"후우, 지금 몇 시야?"

"일곱 시. 이제 슬슬 준비하고 나가야지. 오늘 대학평가 결과 나온다면서."

고개를 끄덕인 윤우는 아내의 품에 안겨 있는 하은이의 볼을 툭툭 건드렸다.

"우리 공주님은 잘 잤어요?"

하은이가 팔을 휘저으며 옹얼거렸다.

"아바, 아바."

"응? 뭐라고?"

"압빠!"

발음이 정확하지는 않지만, 윤우는 그 단어가 무엇을 의미하는지 확실히 알았다. 실로 오랜만에 들어보는 그 단어에 윤우는 뜨거운 감격을 느꼈다.

눈물이 쏟아지려는 걸 간신히 참고 미소를 지어 보인다.

"아이구, 우리 공주님. 지금 아빠라고 한 거야?"

"압빠아! 압빠아!"

"하은이는 아빠랑 엄마 닮아서 똑똑하구나."

딸애는 뭐가 그리도 좋은지 술 냄새를 풍기는 윤우에게 안기려 발버둥 쳤다. 윤우는 딸애를 안고 거실로 나가 잠시 놀아주었다.

그 덕에 출근이 좀 늦어지고 말았다. 아직 술기운이 남아 있어서, 윤우는 대중교통을 이용해 출근을 했다.

윤우가 센터장실에 도착하니 10시가 다 되어 있었다. 다들 어제 유흥의 여파가 있었는지, 김준호 조교 말고는 아무도 출근하지 않았다.

"안녕하세요. 선생님."

"그래. 어젠 잘 들어갔냐?"

김준호 조교의 눈 밑에 깔린 다크서클이 아니라고 대신 대답했다.

"어떻게 기어 들어갔는지 기억이 안 나요. 죽겠습니다. 숙취 때문에……."

그것은 윤우도 마찬가지였다. 오늘 점심엔 시원하고 매콤한 짬뽕이나 시켜 먹는 게 좋을 것 같다.

"이따 점심에 같이 해장이나 하자. 짬뽕 어때?"

"좋죠. 참, 선생님. 아까 서경석 선생님께서 전화하셨습니다. 선생님 출근하면 바로 연락 달라고 하시더라고요."

"그래?"

무슨 일일까.

시간상 아직 평가 결과가 나오지는 않았을 것이다. 윤우는 전화기를 들고 서경석 교수의 내선번호를 빠르게 눌렀다.

"예, 선생님. 찾으셨다고요."

– 그래. 출근이 늦었구만?

"어제 술을 좀 과하게 했습니다. 이 선생 임용결정이 된 소식은 들으셨지요? 다 같이 모여서 축하파티 했지요."

– 잘했네. 그건 그렇고 아까 연락이 왔는데, 곧 대학평가 결과가 팩스로 온다고 해. 자네도 별일 없으면 학과 사무실에 와서 같이 기다리도록 하지.

"알겠습니다. 지금 가겠습니다."

드디어 때가 온 것이다. 과연 어떤 결과가 나왔을까. 윤우는 빠른 걸음으로 학과 사무실로 향했다.

안으로 들어가니 서경석 교수가 혀를 차며 물었다.

"얼굴 꼴이 말이 아니구만. 얼마나 마신 게야?"

"글쎄요. 잘 기억이 안 나네요."

"자네가 기억이 안 날 정도라면 엄청나게 부어라 마셔라 했겠어. 신화대 교수들 중에서 자네를 술로 이길 사람은 없지 않나?"

서경석 교수는 어울리지 않게 농을 건넸다. 애써 의연한 척 하고 있지만, 그의 시선은 팩스기에 고정되어 있었다. 긴장하고 있는 것이다.

잠시 후 그가 나직이 물었다.

"자네 생각엔 결과가 어떨 것 같나?"

"우리 국문과가 인문대 탑일 겁니다."

"하하하, 그랬으면 좋겠어. 음?"

그때, 팩스기의 수신부에 주황색 불이 들어왔다.

모뎀이 특유의 소리를 내며 데이터를 수신했다. 곧이어 종이가 빨려 들어가더니 무언가를 인쇄하기 시작했다.

"시작됐군."

"예."

종이 머리 부분에 대학교육평가원의 로고가 인쇄되었다. 이어 표가 그려지며 심사 결과가 하나씩 나타나기 시작했다.

인문대가 순서상 제일 먼저였다.

과연 어느 학과가 최상단에 위치해 있을 것인가. 두 교수의 시선이 인쇄되어 나오는 종이쪽으로 쏠렸다.

그렇게 잠깐의 시간이 흘렀을 때, 두 남자의 눈이 동시에 커졌다.

"됐어!"

서경석 교수가 두 손을 움켜쥐며 환호를 내질렀다. 윤우의 예견대로 용지의 최상단에 '국어국문학과'가 위치하고 있었던 것이다.

전체 100점 중 82점을 받았다. 신화대학교 국어국문학과가 설치된 이래 가장 높은 점수였다.

이번 대학평가에서 신화대학교는 전국 4년제 대학 중 10위를 차지했다. 학과별로는 국문과가 전체 대학 국문과 중 5위를 차지했다.

'1위는 역시 한국대학교네. 92점이라……'

상위권에서의 10점 차이는 굉장한 차이였다. 과연 한국대 국문과를 넘을 수 있을까. 윤우는 잠시 진지하게 생각에 잠겼다.

윤우가 서경석 교수에게 말했다.

"고생 많으셨습니다. 이제 한숨 돌리겠네요."

"한숨뿐인가? 두 숨은 돌려야지! 이게 다 자네 덕이야. 정말 고맙네. 고마워. 하하하!"

서경석 교수가 두 손으로 윤우의 손을 꼭 잡았다. 하지만 윤우는 이미 다음 수를 생각하고 있었다.

'이게 끝이 아니야. 이제부터가 시작이지. 감점을 당한 부분을 파악해서 보완해야 해. 그래야 정상을 넘어 세계로 나갈 수 있어.'

윤우는 그렇게 굳게 다짐했다.

시간은 하염없이 흘렀다.

똑같은 계절이 두 번 돌아왔다. 그 사이에 원고지에 적을 수 없을 정도로 많은 일들이 벌어졌다. 또 그만큼의 인연들이 스쳐갔다.

몇 가지만 간략하게 서술하면 아래와 같다.

우선 윤우의 여동생 예린이가 박성진과 결혼했다. 윤우 내외는 물론, 슬아를 비롯한 다른 학생회 임원들도 두 사람의 행복을 빌었다.

윤우의 학문적 동반자인 김승주는 신화대학교에서 시간강사 생활을 시작했다. 윤우의 부탁으로 한국어문학센터에서 강의를 해 나갔다.

그리고 임기 2년을 꽉 채운 윤우는 센터장직에서 물러났다. 임기동안 훌륭한 업적을 세웠고, 차기 센터장은 이준희 교수가 물려받았다.

한편 자문교수로 참여한 슬아는 미국 진출에 혁혁한 공로를 세웠다. 그녀의 모교인 예일대에 국문학 관련 교육 과정이 개설되었다.

마지막으로 윤우의 선배인 송현우가 한국대학교에 전임교수로 임용됐다. 그리고 오래도록 관계를 이어오던 서은하와 약혼식을 올렸다.

그렇게 또 한 해가 흘러 찾아온 2013년의 어느 봄날.

윤우는 정식으로 신화대학교 국어국문학과 조교수로 임용되었다. 그의 나이 서른 살의 일이다.

〈8권에서 계속〉

무림 최강자였던
칠성좌의 **공동전인 태현!**
그가 사부들의 비원을 품고 **무림**에 뛰어든다!

용우신무협장편소설

N E O   O R I E N T A L   F A N T A S Y   S T O R Y

힘 있는 자는 모든 것을 가질 수 있지만,
힘 없는 자는 모든 것을 잃어야 하는 곳.

무림의 정점에 서려는 자와
그것을 막으려는 자.

난검무림(亂劍武林)!

※ 출판 일정에 따라 출간일은 변경될 수 있습니다.

天魔再生

태규太叶 무협 장편소설

천마재생

ORIENTAL FANTASY STORY

사람의 형태를 한 재앙!
수라천마 장후, 그가 다시 태어나다.

자네는 그리 달라지지 않았군.

무림을 향한 복수만을 위해 살았던 그가
이번 생에는 무림을 지키기 위해 일어선다.
그의 두 번째 삶은 영웅(英雄)이 될 것인가?

미안하지만 우리가 악당이야.

여섯 개의 팔과 세 개의 눈을 가진 파멸의 제왕, 남장후.
그의 행보를 주목하라!

다들 그러다 죽는 거란다.

NEO MODERN FANTASY STORY & ADVENTURE

현세귀환록

現世歸還錄

아르케 현대 판타지 장편소설

내 가족을 건드리지 마라!

악룡 카이우스에게 잡혀 수천 년의 실험을 당하며
얽게 된 명기라는 저주로 인해
몇만 년의 세월을 고향을 찾아 헤매다
1983번째 차원이동을 통해 그렇게나 오고 싶었던
자신의 고향차원으로 돌아 오게 된
강민과 그의 영혼의 동반자 유리엘!

몇만 년의 세월이었 으나 차원이동 간의 시간적
괴리로 자신이 사라진 지 10년만에 가족과
다시 만나게 된 강민은 자신이 그동안 축적해 온
절대적인 힘과 부를 가족의 행복을 위해 사용하는데!

몇만 년만에 가족을 찾은 절대자 강민!
가족이 행복한 삶을 살수 있는 세상을 만들기 위한
절대자의 행보가 시작 된다!

※초판 일정에 따라 출간일은 변경될 수 있습니다